U0123058

INK INK INK INK INK INK
K INK INK INK INK INK IN
INK INK INK INK INK INK
K INK INK INK INK INK IN
INK INK INK INK INK INK
K INK INK INK INK INK IN
INK INK INK INK INK INK
K INK INK INK INK INK IN
INK INK INK INK INK INK
K INK INK INK INK INK IN
INK INK INK INK INK INK
K INK INK INK INK INK IN
INK INK INK INK INK INK
K INK INK INK INK INK IN
INK INK INK INK INK INK
K INK INK INK INK INK IN
INK INK INK INK INK INK
K INK INK INK INK INK IN
INK INK INK INK INK INK
K INK INK INK INK INK IN
INK INK INK INK INK INK
K INK INK INK INK INK IN
INK INK INK INK INK INK
K INK INK INK INK INK IN

INK INK INK INK INK
INK INK INK INK INK INK
INK INK INK INK INK
INK INK INK INK INK INK
INK INK INK INK INK
INK INK INK INK INK INK
INK INK INK INK INK
INK INK INK INK INK INK
INK INK INK INK INK
INK INK INK INK INK INK
INK INK INK INK INK
INK INK INK INK INK INK
INK INK INK INK INK
INK INK INK INK INK INK
INK INK INK INK INK
INK INK INK INK INK INK
INK INK INK INK INK
INK INK INK INK INK INK
INK INK INK INK INK
INK INK INK INK INK INK
INK INK INK INK INK
INK INK INK INK INK INK
INK INK INK INK INK
INK INK INK INK INK INK

Canon 9

政經不正經

唐湘龍·著

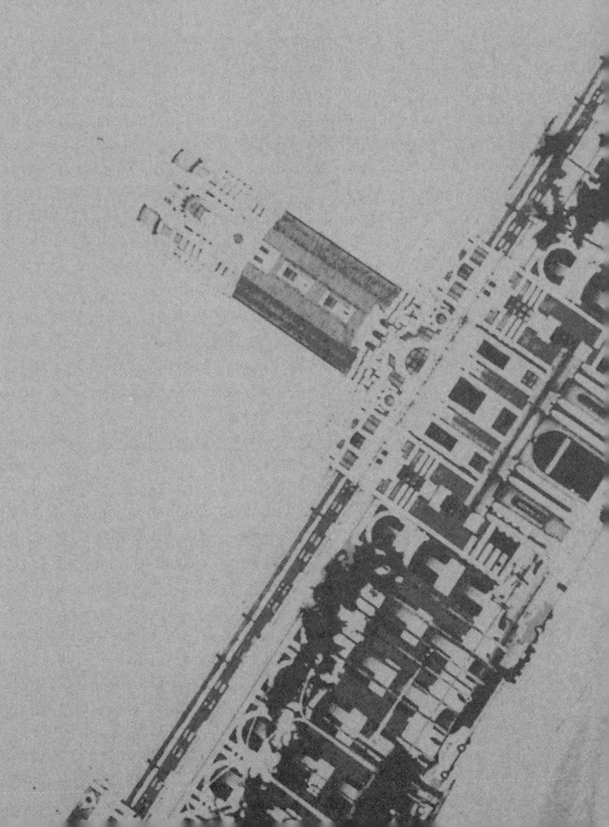

目次

【輯二】

【輯三】

【輯四】

（自序）

再完完整整難過一次

楊照

我「下海」了。這是我在《時報周刊》專欄的合輯。性質上，比較像文化評論。不只政治，經濟、體育、娛樂、社會，都有。我在《時周》前後寫了快七年，算是非常長壽的欄，這裡只有最近一年多的部分。有原因。

講個長一點的故事。第一次有人問我要不要出書，是十年前了吧。確切的時間，我不記得了，問我的人自己也忘了，不過，問我的那個人是誰，我倒記得很清楚：張大春。

印象中，張大春講了些溢美的話，我初跑新聞四、五年，眞是受寵若驚。不是客套，是眞的受寵若驚。我一直覺得，批評是記者職業的本能反應，只是一種狗吠火車的關懷，骨子裡是很虛弱無力的。於是，我不敢托大，我委婉拒絕。沒想到，幾年後，我們一起主持節目，幾乎天天見面。

當時，張大春那些話對我很有點鼓舞。大意是說，他沒想到短文、短句，爬滿標點符號的文章能寫成這樣，自成一格，把平面媒體上又臭又長又搔不到癢處的評論給顚覆掉了。當然，長文有長文的功能與氣勢，評論的好壞不在長短，而在立場、觀點要直接、清楚。不怕開罪於人。老實講，我是超級受不了媒體人玩起那套「寓貶於褒」宮廷權鬥把戲，篇篇都是「微言大義」，篇篇都要給報老闆、被評論的人，還有自己，留後路。搞到最後，最看不懂評論的，竟然就是讀者。

十年來，六百字左右格局的短評成了媒體主流。那種自己寫給自己爽的政論，少多了。那種逢迎拍馬式的宮廷政論，除了部分意識型態掛帥的「政治殭屍」，以及「永遠與執政黨站在一起」的彩色媒體人之外，大概都死透了。

我在媒體工作十五年了。寫了多少文字？說眞的，我不記得了。我對自己的文字收理極差。現在有電腦，還好一點點，以前，根本是寫完就丟。最重要的原因，是覺得最好的還沒寫出來。其次，是對文字本身的深刻不信任。還有，就是懶。我一直只想寫，讓那種「文字上的逞勇鬥狠」，不帶雜念的延續下去。不過，最重要的是，我覺得台灣這社會「集體善忘」到一蹋糊塗的地步，結果，評論注定成爲文字裡最「當下」的一種。賞味期極短。評論像蟬鳴，貴在共鳴，但再叫頂多七天。好的評論，賞味期內，會令人擊節叫好，但賞味期過，再好，也是餘音漸散。

太常有人問我：「怎樣寫好的評論？」我一起回答好了。其實，我不太有什麼有把握的答案。文字上，籠統一點講，就像前人讚美梁啓超的評論：「人人意中所有，人人筆下所無。」「意中皆有，筆下皆無」，我覺得大概就是好評論的全部空間。還有態度，我覺得態度非常重要。媒體這行，我覺得最大的極限，就是當個「入戲的觀眾」。老實講，被政商勢力「置入」，搞起「政媒援交」、「商媒援交」的媒體太多了，不管是抓筆、麥克風、攝影機，精神上都一樣，都是混蛋。

那麼，為什麼現在決定出書了？一方面，張大春之後，不斷有人問起相同問題，但最重要的原因只有一個：用評論為這兩年的台灣留史。其實是留屎。不只這兩年，但這兩年特別嚴重，台灣史，簡直都是屎。我要把拉屎的人點名做記號。以後如果出得多了，全套就叫《屎記》。

魯迅說：「共和使人沉默。」眞的。其實，「欲辯無言」的深沉哀傷，像我這種在文字上嬉皮笑臉的人絕對最懂。面對眼下這種極端混亂、虛無、荒謬、末世的世道，我堅持，輕諷的文字應該得到一點縱容。那是「負負得正」的迂迴求道。對不起，我決定用這樣的方式，笑中帶淚，讓你們和我再完完整整難過一次。

輯一

史恩康納萊

唉，阿扁說得對。算他好運，不然怎樣？

你看阿扁，去個巴拿馬，明明鎖定是鮑爾，想來個「吉娃娃硬上大狼狗」，製造一個「中美斷交後，台美最高官方接觸的歷史紀錄」，這實在有點無聊，熱臉貼冷屁屁。何況，你是總統，人家只是個比行政院長小，比外交部長大的國務卿。結果，阿扁主動去搭訕，就算只是致謝，國際場合，還是失態。國務院說鮑爾只是「回禮」，唉，這話說得有點傷人自尊。鮑爾還是個軍人，都還比阿扁懂禮數。兵遇到秀才，又要給秀才做面子，實在很爲難。

不過，阿扁竟然見到、見到、見到全世界熟女們的超級夢中情人，史恩康納萊！啊，眞是太好運了。阿扁應該在這檔事兒上頭好好做做文章，要個簽名，拍個照，握過的手不洗。選總統，說不定還可以請史恩康納萊助選，一定多很多很多票。婦女票。還有像我這種初老男人的票。

史恩康納萊七十四歲了吧，眞是人生七十才開始，看看他那種扮勢——智慧，火爆，眞是太正點了，太迷人了。我覺得，人年輕時帥，沒什麼，那多半是爸媽的功勞，生得好，可是，我看過很多人，年輕時長得歪七扭八，可是，年紀大了，越老越有味道，越老越帥，越有神采。當然啦，史恩康納萊年輕時就很帥很性格了，可是，我覺得他是越老越好看的那種典型。像李察基爾也是。年輕時脂粉太重，到了中年，心性漸成，成熟男人的魅力，鬼都擋不住。

喜歡史恩康納萊，還有一個原因，可能也是他爲什麼認識阿扁的原因。他是蘇格蘭人。有沒有去過蘇格蘭？那是英倫三島的高地區，英格蘭人常叫蘇格蘭人「高地人」。蘇格蘭的世界名產可多了。威士忌、高爾夫，風笛，還有，就是史恩康納萊。除了有名，他還支持蘇格蘭獨立運動。公開的。「蘇獨」可是有三、四百年歷史，電影《英雄本色》裡，梅爾吉勃遜演的那個「華勒斯」，就是帶領「蘇獨」，與王室對幹的烈士。可是，蘇格蘭在十八世紀初卻自己簽約拋棄主權，納入大英國協，爲什麼？因爲經濟。結果，到現在，「蘇獨」不成功，不是英格蘭武力恫嚇，而是經濟。一想到獨立後經濟可能不好，「蘇獨」就縮起來。北海發現油田時，「蘇獨」一度大盛，這幾年，又沉寂了。

史恩康納萊支持「蘇獨」。還曾經被指逃稅捐錢挹注，惹得他老兄出來破口大罵。好啦，雖然我很喜歡這種有味道的老男人，可是，我有一點點不懂，支持「蘇獨」，又以接受女王冊封爵士爲榮，這是不是有點像是高喊台獨，可是，幹中華民國官員，佔缺吃餉很自在的那些人一樣？政治太複雜，我不懂。

注：二〇〇四總統大選前傳出史恩康納萊將來台參加「二二八手護台灣」活動的消息，後遭史恩康納萊經紀人否認。

香港人沒見過貪官嗎？

香港人眞是可憐。

不光是爲了非典型肺炎，搞得觀光業損失慘重。香港人眞是少見多怪，要跟台灣人多學學。

前兩個禮拜，香港最熱門的新聞，「非典型肺炎」是其一。還一樁，是梁錦松。梁錦松就是那個瘦巴巴的財政司長，從董建華往下算，他算是香港特區政府的第三把交椅。頂重要的。不只是這樣，他娶了大陸的跳水皇后伏明霞。最近，還生了女兒。因爲是相差二十六歲的老少配，梁錦松紅，跟這個有關。

雖然幹財長幹得不出色，但梁錦松這兩年靠著公關手法，跟媒體混得不錯。加上香港向來沒有什麼政治。政治新聞一向冷。有了廉政公署，政治醜聞更冷。回歸之後，更冷，冷到可以送進冰庫。梁錦松在「顧人怨」的董特區政府裡，透光率算高的。

不過，最近，梁錦松差點兒丟了官。他公開道歉。他請辭。但董特首慰留。戲看起來是演完了。這齣香港熱熱鬧鬧，台灣冷冷清清的戲，大概就這樣落幕。可是，我只是不懂，香港人眞的這麼苦悶嗎？梁錦松到底幹了什麼齷齪不要臉的事兒，讓香港人竟然如此珍惜這條政治新聞。醜聞。

嘻嘻，仔細了解一下，哎，什麼嘛，還好嘛，梁錦松不過「只是」搞了點小小內線交易，賺了點小便宜，自己管財政，知道進口車賦稅要調高，然後在政策沒宣布前，自己先買了輛LEXUS430，就這樣，省了大概二十萬港幣，媒體一爆料，梁錦松解釋說是眞有需要，但也承認自己確實該避嫌，事情就這樣一直搞，搞了十多天。演成香港開埠史上少見的逼辭動作。眞是政治學台北。

我不了解香港。純看熱鬧。只不過，眞的覺得，爲了這樣「一咪咪」圖利自己的內線交易行爲，全港沸騰，要不是非典型肺炎爆發，看來還壓不住。這，從「台灣經驗」來看，難道不會覺得：小題大做？到底是香港人的政治潔癖眞那麼高？還是實在被殖民久了，根本沒有政治題材？做個台灣的媒體人，跑黨政新聞跑那麼久，什麼破坑爛洞沒見過，賺個二十萬港幣稅差，如果就罪大惡極，那，台灣的政治人物，十九都可以抄家滅族了。

港府的政治、政策，當然也是港媒關心的焦點，但官箴遭疑所引發的事件實在不多。爲了梁錦松，我心情突然有點亂。我不知道，到底該叫台灣跟香港學？還是，叫香港跟台灣學？香港現在是特區，董特首的人望又爛透了，要台灣跟香港，鐵定被貼標籤；可是，比官風，台灣，哎，哪有什麼官風哩？官員、民代，臉皮比水泥牆更不透風，要香港人學學台灣人，學學台灣媒體，高舉輕放，頭過身就過？太昧著良心了。

這件事。眞的，從台灣人的角度來看，眞是小事。可是，怎麼搞的，我想起來，心就揪著亂哪。

出口轉內銷的人權獎

忍不住又要讚美民進黨。讚美阿扁。哈雷路亞。南無阿彌陀佛。莎喲哪啦。

阿扁本來要出遠門。出很久。十七天。要過境美國。到中美洲四國。結果，一砍，剩七天。漂亮。以我們跟過元首出訪的老骨頭扳手指一算，掐頭去尾，大概只剩五天。去巴拿馬參加百年國慶。還有紐約領個人權獎。

啊，說白了啦。要不是爲了過境紐約，阿扁是連巴拿馬都不想去的啦。我管你巴拿馬幾百年國慶。什麼會不會碰不到鮑爾，少在那邊唬爛無知老百姓。這跟上回過境美國，發現空軍一號在旁邊，馬上擺出一幅天佑美國，好像跟美國總統合照的媚態一樣噁心。每回聽到這種自作多情的假新聞，就覺得丟臉。媽的，我管你要叫中華民國，台灣國，這種往自個兒臉上貼金的泡水新聞就是噁心。說實在的，見了又怎樣？鮑爾會跟你阿扁密談什麼？會簽自由貿易協定？會公開支持台獨建國？還是連個「hello」都不說？要是鮑爾眞的跑來打招呼，阿扁怕還是只能說「This is a book」。

就是爲了過境啦。假出訪，眞過境啦。最妙的，是那個「國際人權聯盟」要頒給阿扁的民主人權獎座。眞是有一套。本來，如果不搞這些意識型態政治遊戲，像長老教會一樣，大家還有個起碼尊敬。幹嘛呢？非得把自己的台獨理念，跟上帝、民主、人權，都包在一起，好像不支持台獨，就是褻瀆上帝，污辱民主，漠視人權。這個「國際人權聯盟」，聽起來好偉大，其實，跟民進黨搞社運一樣，遍地插旗，一旗一人，滿地開花，一花一瓶。這個聯盟有點歷史，可是，財務有點毛病，這些年，漸漸被獨派人士掌控。現任總統府顧問陳隆志，也是這個聯盟的前任副會長；現任會長叫吳澧培，美國萬通銀行董事長，更重要的身分是阿扁之友會總會長，美國福爾摩沙基金會的發起創辦人。這樣的人權團體，頒個特殊成就貢獻獎給阿扁，這個獎，根本就是出口轉內銷。你以爲是國際社會在肯定阿扁，其實是阿扁的左手在肯定右手。

當然啦，以國際人權團體旗號之浮濫，大家相互掩護，不揭爛瘡，本來也無事。可是，看看像「自由之家」之類的人權團體對扁政府三年來的人權評價，你如果以爲台灣人權在改善，那眞是蠢。台灣的人權指標，是三十多年來第一次倒退。這個時候頒獎給阿扁，除了給阿扁一個過境美國的名目，剩下的，根本就是諷刺。

實在很受不了政治人物那種自己搭台子自己唱戲，吵死人不賠命的德性。說搞外交，說如何如何台灣就會走得出去，要不要講一講，三年半裡，阿扁，除了過境美國，還去過哪一個無邦交國家？呂秀蓮除了搞翻一個印尼，到底又有什麼外交成就？講一個。講一個就好。

固有疆域不固有，現有疆域不清楚？

日本人不讓我們的漁船去捕魚，我們的官方安安靜靜。

日本人說，那是他們的兩百海浬經濟海域。依照國際法，經濟海域裡的經濟主權，是有排他性的。這是對的。

可是，我們的經濟海域呢？我們如果也宣告兩百海浬經濟海域，那麼，這個依據十二海浬領海基點基線往外推定出來的虛擬海域，是和日本、大陸、菲律賓，高度重疊的。我們漁民去的海域，其實也是我們的海域。只是，我們沒有宣告，然後，別人的經濟海域就畫到了我們家門口。

爲什麼我們不宣布？我們的相關法律已經完成，基點、基線也都宣布了，可是，經濟海域呢？結果，我們的漁民在自己家裡捕魚，卻被日本人驅趕。然後，我們的官方，還要擺出一副希望漁民們不要去爭議海域「惹是生非」，大人「教示」囝仔的口吻。

一直都這樣。中華民國，好，你聽到中華民國就反胃，就說台灣也可以，台灣給我一個清楚印象，台灣沒有主權爭議時，就強調自己是個主權國家，台灣一面臨主權爭議，就完全不像個主權國家。不管是海域、空域，或是釣魚台、海峽中線、巴士海峽，甚至南沙群島，南沙最大的太平島，我們都還駐軍，可是，只要「周邊有事」，政府就閉嘴，別人怎麼說，就怎麼算。我們的官方就會搬出「固有疆域說」，用一再的「宣示」，獲得「精神勝利」。可是，這個一直存在嘴裡、心裡的「固有疆域」，面臨蒙、藏問題時，卻又一點都不固有，彈性大得不得了。

於是，我們的「固有疆域」成了最模糊的政治語言。「固有」不固有，「現有」也講不清楚。爲什麼？我們不能把自己的「現有疆域」講清楚？套句廣告詞兒，我們在面對「疆域」這個核心的主權觀念時，有一種「只在乎曾經擁有，不在乎天長地久」的阿Q心態。其實，從國際社會、區域政治的角度看，我們沒有主權爭議，因爲我們根本沒有「爭議」過。尤其是釣魚台。我們所有的解釋，都是對自己做的，不是對國際社會。不是對著日本。我們只有內交，沒有外交，我們涉外事務，都只是對內宣傳的一部分。

捕魚，是小事啦。漁業一年產值沒多少。就算少了個爭議漁場，也沒多大影響。但那就像你容不容許有人在你家後院養雞。更何況，日本人除了主權尊嚴，眞正看上的，還不是海底的油、礦。我們的官方，就這麼慷慨？前一任總統愛日本，現任總統怕日本。

我們的固有疆域，很模糊；現有疆域，更模糊。我們，不管叫中華民國，或是台灣，說眞的，像個國家嗎？憑什麼說自己是？

注：二次大戰後，釣魚台主權懸而未決，中、日、台皆宣稱擁有主權，由於釣魚台附近海域爲我傳統魚場，多年來與日方衝突不斷。

鼻屎有多大？

我是喜歡陳唐山的。他當外交部長，我也不覺得有什麼不好。不過，當了以後，開始覺得有點不太好。幻滅是成長的開始。我的偶像會、會、會、會講粗話。

講粗話誰不會？我覺得自己還算斯文，但眞是上了火，也是國罵、台罵外加「F word」都嘛來。從一字到七字，雖然沒有到當發語詞，不先問候人家老母，打個招呼，講不出下句話的地步，不過，唉，有時候罵起來，也是淋漓盡致。

說實在的，跟立法院的「鎭院三寶」比，陳唐山的「鼻屎論」、「懶趴說」實在也算不得什麼髒話。只不過，他是外交部長。他談的是另一個國家。外交部下設禮賓司。職業外交官，高級服務生，不只言行談吐，國際禮儀更是得訓練。爲什麼？國家門面嘛。水準不能與三寶齊高。陳唐山的「懶趴說」，是粗了一點。是比較級的粗。還沒到最高級的粗。不過，以外交部長身分，那實在已經失態至極。台灣如果是像樣一點的國家，陳唐山恐怕得下台。

對新加坡不爽，沒關係。人不爲己，天誅地滅，國家更是。每個國家，有每個國家自己的世界觀、地緣觀。新加坡奉行一中，反對台獨，又不是一天兩天。在「一中」之下，新加坡跟台灣關係還不壞。不過，這幾年，不只壞，比李登輝罵李光耀獨裁的時代還壞。陳唐山的「鼻屎說」恐怕會讓中星關係進冰庫。

大家都有挖鼻屎的經驗。爽吧？當然。挖出超大塊鼻屎時，那種吸呼順暢的感覺，幾乎高潮。鼻屎再大再小也差不到哪裡，說新加坡鼻屎大，那看跟誰比。跟台灣比，新加坡才一千平方公里，台灣的三十六分之一。是小。可是，跟台灣的二十六個邦交國比，嘻嘻，新加坡如果是鼻屎，那台灣起碼一半的邦交國只能算灰塵。新加坡還有四百萬的人口。比台北多。台灣一半的邦交國加起來，都還沒這個數。這鼻屎，算很大塊的啦。再說，這塊鼻屎的平均國民所得，是台灣的兩倍。以大小論英雄，那台灣只有中國的三百分之一，怎麼說？

再說「捛懶趴」，這話裡有「陽具崇拜」的意思。閩南話會用這種「具象」語彙形容「拍馬屁」，其實，眞是有學問。這意味著「承認」你的傢伙比我大。男人是「死要面子活受罪」的動物，只要完成這種承認，就是意志上的屈服。平常，用「捛懶趴」形容拍馬屁，雖然有點男性沙豬，不過，我覺得裡頭有語言智慧在裡頭。不過，拿來當外交語言，那鐵定傷人自尊。

一般民眾可能會想：啊，沒關係啦，陳唐山講的是閩南語。嘻嘻，這就是沒有國際觀的後遺症。新加坡懂閩南話的人，說不定比懂北京話的人還要多。以爲人家聽不懂？才怪。新加坡如果裝聾作啞，那表示它還沒打算跟台灣翻臉。

民進黨的官員有兩個特徵，跟國民黨的官員很不一樣。一個，人來瘋。一碰到什麼建國、正名、台灣人的團體，人不親，土親，馬上high到不行。還一個，是脫口秀。然後民粹化，說自己的口無遮攔是親切、土直、率眞。

我不能說這樣不好。對不起，我也要開始捧民進黨的懶趴了。

請不要打偶

海峽。台灣海峽。全世界最危險的地方。這不是我在講。大家都這樣講。所以，一些外國朋友，或者人在外國的朋友，都佩服啊。佩服得要命啊。台灣人眞是世界第一勇啊，眞是憨膽啊。套句閩南話：「憨到抓不癢」。幾乎植物人。整個台灣，像個植物國。

也不是說大家應該表現得朝不保夕，很害怕的樣子。那也不好。那太給阿共仔面子。這不是唐湘龍的作風。唐湘龍不太喜歡給人家面子。當然，人家很少給我面子。不過，外人實在把台灣海峽講得太可怕了，講好多年了，這難免讓唐湘龍這種先天下之樂而樂，後天下之憂而憂的人，開始要嚴肅看待。會不會，眞的，我們太小看自己身處的危機。

雙十節，阿扁「打拳頭，賣膏藥」，叫賣好多天的重大演說，大家也都聽到了。唬爛啦，對不對？等老共有善意回應？眞是把阿共仔當「盼仔」。阿扁老是這樣，拿出小學參加作文比賽的精神，拚命寫一篇超八股的總統演說。我不知道你們覺得怎樣，我覺得阿扁仔的作文越寫越退步。比他初中時候寫的「保密防諜」還糟。套牢了一堆股民，那也算啦，問題是，本來以爲「柳暗花明又一村」的兩岸關係又掛了。你瞧見張銘清講話那德性沒？狠哪。咬牙切齒呀。怎麼辦呢？你說說看。你說說看。總不能老是換來阿扁一句「預料之中」、「沒代誌」、「安啦」。雖然你是總統，我還是忍不住要飆兩句：媽的，這是什麼個屁話。「預料之中」？那你幹嘛講那麼高興？「安啦」？你知不知道你今年已經講了幾次「安啦」？公開講，三次。我都算過了。兩次對北京。一次對美國。神經病。每次自己惹火人家，圖利自己，就用「安啦」來唬爛老百姓。每次都是你點菜，老百姓買單；你闖禍，大家收驚。搞什麼嘛。

人貨包機、不落地、雙向對飛。偶都會背啦。「睏矇睏，不通陷眠。」這種「半眠全頭路，天光沒半步」的嘴皮功夫，皮了啦。阿扁也知道，所以，又提了個怪東西，說要建立「海峽行爲準則」。

聽起來有沒有道理？有。太有了。可是，有沒有用？有用才怪。「海峽行爲準則」是啥？啊，重點就是避免擦槍走火啦。那要先有善意。再有默契。其實，從台灣的角度來說，講那麼複雜幹嘛？行爲準則就三條：第一條、你飛彈不要對著我；第二條、你飛機不要靠近我；第三條、不管怎樣，你都不可以打我。是不是？就這三條。唐湘龍一口氣就講完了。可是，喂，李登輝說人家「土匪」。游錫堃說人家「流氓」。那你跟土匪、流氓講這些，好像老人家每天在佛堂助念，眞以爲有念有保庇？

這個「行爲準則」很像是以前的「國民生活須知」。讓我想到以前我爸跟我講過一個笑話。眞實的。他是道地湖南人。騾子脾氣。火上來，消防隊都來不及。他說，「新生活運動」風起雲湧的時候，全國各地公共場所都貼滿了各種標語，什麼「請排隊」、「請勿吐痰」。不過，有一個標語，別的地方沒有，他只在長沙火車站看過。標語上寫：「請不要打架。」我覺得，「海峽行爲準則」還不如就這樣直接。乾脆點。

搶救江澤民

本專欄，通令北京中共中央各級幹部，尤其是不甘願退休的江澤民同志。政治學台北。不得有誤。政治太深了。你們這群老土不懂。要學。不只經濟要學。政治更要學。

四年前，我曾經在《中時晚報》的專欄上寫過信給江澤民同志。大意是說，阿扁執政，副總統呂秀蓮每天給他出包，有這種副總統，比中國共產黨還可怕，哪裡還需要什麼敵人呢？（我不知道這樣的講法，算不算是對中國共產黨的肯定。）信，我不知道江同志看到了沒有。我認定自己跟江同志算是有點私交。不過，看到最近江澤民同志被逼退，我很痛心。這個沒用的東西，竟然連個中共中央軍委主席都保不住。江同志，請你聽清楚，好好跟李登輝學學。李登輝說要去當義工？有嗎？當然沒有。李登輝說要活著把政權交出去，有嗎？你覺得有？你果然笨。要學。

學什麼？學卸任元首如何繼續呼風喚雨，有權無責，一邊分裂在野黨，一邊箝制執政黨。這個，在一黨專政的北京，是學不到的。江澤民同志，請你一定要了解，活著把政權交出去，那就跟死了一樣。千萬不可以。搞政治，如果存善念，那乾脆把政府交給慈濟功德會算了，是吧？鬼扯嘛。江澤民同志，你現在怎麼辦？告訴你，你機會來了，你聽清楚：「你——要——組——黨——！」

當然，不是再組一個共產黨。那沒意思。那會有點像當年的新黨、後來的親民黨，爲權力鬥爭脫離國民黨，可是，路線不漂亮，政黨的主體性沒抓牢，你看，現在國民黨一招手，媽的，摧枯拉朽，不回去都不行，支持者都跑光了。你要組什麼呢？我連黨名都想好了，免費。這個黨，就叫：「中國團結聯盟」。拍手！膜拜！親我腳趾頭！喊萬歲！謝謝。

記得，記得，你年紀大了，我好怕你忘記。這個「中國團結聯盟」，成立的宗旨有兩個，第一、一定是爲了推動中國的民主改革。「什麼是民主？」媽的，你問那麼多幹什麼？誰管哪，你只要整天把民主掛嘴上就對了。剛開始，你自己都會覺得肉麻，不過，沒關係，政治，就是比不要臉的事業，多講兩次，就順了。告訴你，國內、國外，全世界不明究裡的輿論都會支持你，因爲，你打破了中共建政以來的一黨專政，人家會說你是「北京之春」。啦啦啦，啦啦啦。聽了爽不爽？這可是歷史定位喲。啦啦啦。

第二個宗旨，就是要「愛中國」。這個宗旨非常重要。其實，比什麼都重要。眞愛無敵。你聽過吧。支持「中國團結聯盟」，就是支持民主，就是愛中國。誰不支持「中國團結聯盟」，就是不民主，不愛中國。中國共產黨如果敢打壓你，就是反民主，就是不愛中國。你專心聽我講，不要老打呵欠、挖鼻孔。學學李登輝。你看他，還不是心臟病。可是，人家有退休嗎？有失志嗎？沒有。爲什麼？因爲他有「愛台灣」的神功護體。治百病。比面速力達母還有效。眞的。不蓋你。

江澤民同志，以上建議，是站在一個同情你的老朋友立場，想救你，不想看你被清算。你不要敬酒不吃吃罰酒。噢，對了，一件好重要的事忘了告訴你。你組了黨之後，不要去幹什麼黨主席。你中國共產黨總書記、國家主席都幹過了，名號不要越混越小。記得，你是「中國團結聯盟」的「精神領袖」。聽起來超凡入聖，簡直像神明附體。切記。切記。至於黨主席是誰？那不重要。誰聽話、誰不才，你就讓他幹就是了。

陳唐山怪怪！

我不知道是不是因爲台灣正名的壓力，陳唐山最近怪怪的。

我也講不出來怪在哪裡。反正火氣很大。一點都不像那個縣市長滿意度第一名，騎腳踏車在田間小路晃晃的台南縣長。當了外交部長之後，好像更年期一樣，喜怒變化比月亮圓缺還厲害。

罵新加坡的話，什麼鼻屎啦、懶趴啦，這大家都耳熟能詳了。這些語言禁忌，也因爲外交部長公開使用，而且得意洋洋在輔選站台場合繼續用，都解禁了。最近，又罵起格瑞那達。格瑞那達是邦交國。可是邦交生變。陳唐山說人家想吃「北京鴨」，「吃不到」。雖然都是三個字，但這不是三字經。不過，這比三字經還傷人。雖然也可能是事實。我只是不懂，君子絕交不出惡言，何況是外交。斷就斷嘛。建就建嘛。斷斷建建，這二、三十年來不就這麼一回事兒？就算不爽，幾句外交場面話講講，意思也到了。陳唐山的反應，有點腦羞成怒的味道。這個，不好啦。你是外交部長耶。

章孝嚴當外長的時候，外交部建立了一套外交狀況警示系統。給笨蛋看的。大概有點像景氣對策燈號。穩定，亮綠燈。不穩定，依程度，亮出不同程度紅燈。這套系統聽起來有點好笑。外交部的用意，是省得大家一天到晚猜，外交部也省得一天到晚解釋。不過，小老百姓每天要注意的燈號己經夠多了，哪有力氣去看外交燈號。這套系統現在還有沒有在玩？我不知道。如果有，最近恐怕到處紅色警戒。如果加裝警報器，一定整天嗶嗶叫。萬那杜那種唾沫自乾的「雙重承認」就不用講了。親台的總理竟然下台，外館人員竟然是逃回來的。那種狼狽，好像萬那杜住的是食人族。然後，還有最近燈特亮的海地、格瑞那達，還有些鬆動的中美洲國家，也很棘手。

格瑞那達在哪裡？在加勒比海。多大？粉小粉小。要不是幾年前出過一個軍事強人諾瑞嘉，美國出兵攻打，全世界大概也沒幾個人知道格瑞那達。美國當初派多少人？我記得也才幾百人就把這國家佔領了。你說格瑞那達能有多大？這國家，嘻嘻，唐湘龍去過。我還記得首府好像叫做聖喬治。反正，一個很小很小的島國。一、兩個鐘頭就可以跑遍全國。跟這種國家生氣，陳唐山還眞是小題大做。

我猜，這是幹外長之後，一連串不順的總發作。老共持續打壓，這不必講了。台美關係不好，因為阿扁、阿堃先後突槌，信用破產。雖然不是唐山大兄的錯，但這是重點。導火線是萬那杜。萬那杜如果建交成功，雖然本錢要下很大，但帳面上多少有點事功，沒想到，連最有希望增加的一個邦交國，最後都沒成功。現在如果格瑞那達丟了，一來一往，邦交國少兩個。外交部長不要等人點名下台，自己也該打包了。

外交部現在還得搞正名。阿扁說兩年內外館要正名。美國打槍，可是陳唐山說要繼續做。那好，搞成搞不成先不講，就看看這樣搞，邦交國會增還是會減。當然，有一點，唐湘龍是堅持的，要正名，陳唐山自己也要正。唐山就是唐山，不能因為姓陳就沒事。陳唐山不正，唐湘龍也不要正。這點，我比有幾個邦交國還堅持。

我才像總統

不錯。不錯。阿扁有下水。

我一直擔心阿扁不下水。在廣播電台叫了一天，鼓勵阿扁一定要下水。去帛琉不下水，那眞是入寶山，空手回。跟沒去一樣。起碼要浮潛。

我不是希望阿扁下去就沒上來。我沒那麼壞心。我還常常關心他的安全。只是，阿扁是「旱鴨子」，可能不了解浮潛。浮潛過的人都知道，只要五分鐘基本動作講習，就可以下水了。珊瑚礁的瑰麗色彩，熱帶魚輕啄手指的感動，那不是看Discovery就可以取代的。到別的國家，我不會這麼鼓勵。去帛琉，那還客氣?會淹死也要下水看看。

看阿扁下水前的緊張。看阿扁下水後的爽快。我覺得挺自然的。好像是近年來在鏡頭前眞正快樂的一次。比當外公還高興。這種眨眼吐舌的鏡頭，是最好的形象公關。呃，比呂秀蓮，之前，在綠島，浮潛，呃，我，覺得，啊，嗯，算了。

帛琉是個小國家。兩萬人不到吧？我記得。可是，怪怪，到處都有台灣導遊。那些年輕導遊，都快成土人了。國台英語加土話，都溜。身材矯健得要死。島上還有酒廊，酒廊妹妹幾乎都是大陸妹妹。客人幾乎都是台客。嘻嘻，我有偷去一下。人家罩我的。那種味道，跟台北、上海沒兩樣，妹妹、客人，沒有一個是當地人。眞是賓至如歸。

阿扁是去參加新總統就職。說實在，帛琉總統，幹起來沒什麼味道。我去帛琉的時候，有遇到總統。在哪裡？在一家不會比「頂好」、「松青」大的全國最大超市買東西。總統親自出來辦貨。隨扈很多，一位。兼司機。隔一天，我乘車經過一棟小洋房，院子裡停了輛進口車，有個人在洗車，旁邊還晾了幾件床單、衣服，很居家的感覺。我還沒問導遊，他先開口：「這是總統官邸。」洗車的，正是昨天那司機兼隨扈。眞是平民化呀。車子再走，本來趕著去潛水，可是導遊非要繞個小路，去哪？去總統府。我問：喂，我可以進去嗎？他說，沒問題。然後，我就穿著泳褲、拖鞋進了總統府。我正覺得這裡的政治眞是平易近人，導遊出來了，我問他來這兒幹嘛？他講，有「人」缺錢，我來送錢。然後，就去游泳了。哇，我當下覺得，這導遊簡直就是紅頂商人，當年陳由豪、陳哲男不過也就是這樣而已吧？

下午，我逼他去射幾尾魚，烤好了，配酒吃。他瞪了我一眼，還是去。我躺在搖床上，覺得自己身價不凡。比阿扁更像友邦元首。

看阿扁在帛琉的新聞，有一點我很擔心。阿扁下飛機，機場一堆當地民眾被動員來揮旗。嘴裡喊的是：「凍蒜！凍蒜！」這種情況，中南美洲也一樣。我擔心的是，這些民眾會不會誤以爲「凍蒜」就是「歡迎」、「三碗豬腳」、「阿囉哈」、「welcome」的意思哩？唉，台灣的泛政治化，毒化了純潔的友邦。

注：吐瓦魯更扯，當地小朋友被教導以閩南語喊「台灣的風光眞正美、台灣的朋友眞古錐」、「台灣的阿扁眞正勇」、「台灣衝衝衝」與「阿扁 go go go」的順口溜。

阿扁的身世之謎

本周最大的新聞，除了海嘯，就是阿扁的身世。

阿扁鐵定是很火林濁水的。林濁水哪壺不開提哪壺。說什麼布希用「美規」三字經罵阿扁，說阿扁是「SOB」、「son of bitch」。翻成中文，就是阿扁是「狗娘之子」。狗娘養的。

我是不知道布希到底有沒有罵。不過，我八卦。我猜有。因為那是布希的德性。他說他信上帝。其實上帝覺得很累。他把選戰搞得像傳教，可是，沒有多少人因此更敬拜神。布希如果有罵，只是私下罵，開會罵，那都算客氣。有沒有看過那部修理小布希修理到體無完膚的紀錄片《華氏911》？那個肥導演摩爾把小布希當面罵他的話都剪進去。小布希罵他「You asshole!」翻成中文叫：「我戳你這個小屁洞！」摩爾唾面自乾，笑笑。反正片子叫好又叫座。只差沒把小布希幹掉。

小布希罵阿扁是「狗娘之子」，以「美規三字經」來說，算是標準規格。跟「台規三字經」的「幹你娘」，或是「日規」的「巴格野鹿」同級。沒附安全氣囊。不過，罵別人沒關係，罵阿扁就很麻煩。因爲這把阿扁的政治血統都搞亂了。阿扁，大家都知道，他自稱是「台灣之子」。「台灣之子」跟「狗娘之子」當然差很多。阿扁一定比誰都氣。

有人把「son of bitch」拗成「son of Bush」。不錯不錯。英文比我好。連中文都比我好。而且，傳神。太傳神了。說阿扁是「狗娘之子」，太傷人。不過，說阿扁是「布希之子」，如果是眞的，那搞不好大家都高興。就像很多人說台灣主權獨立，但如果有機會成爲美國第五十一州，鐵定什麼主權尊嚴都放棄。一樣道理。反正，阿扁本來就幹得像「兒總統」。政治血統上，本來就是美國總統養的。不過，問題是：兩個人不認哪！一個，是李登輝。阿輝選前就公開了阿扁的政治身世，告訴阿扁：「美國不是恁老爸！」最糟的，是小布希。我猜，小布希搞不好根本不是在罵阿扁，而是在回答阿輝的問題。小布希是聽到阿輝的話，才說：「You are not my son! You are a son of bitch!」（你不是「布希之子」！你是「狗娘之子」！）

我不知道扁媽懂不懂英文。扁媽如果懂，鐵定比誰都火。她兒子，阿扁，自稱「台灣之子」。大家，不管藍的綠的，都說他其實是「布希之子」。可是，布希卻說他是「狗娘之子」。你要是扁媽，你氣不氣？鐵定氣炸了嘛，是吧。明明是我兒子，卻沒人承認，比台灣還糟，台灣好歹還買到二十六個邦交國承認說。扁媽如果政治性格跟阿扁一樣好，就該發起一個「阿扁正名運動」。連自己是誰的兒子都搞得霧煞煞，還搞個屁「台灣正名」運動？是吧。嘻嘻。

前兩天，《中國時報》發了條新聞。被海嘯淹沒了。新聞是說，政府有向美方查證，布希到底有沒有罵阿扁是「狗娘之子」？得到的答案是：「沒有！」嘻嘻。嘻嘻嘻。嘻嘻嘻嘻。我不知道是那個官兒去查的。真蠢斃了。背後罵人的，你當面問他，有哪個會承認說有？背後罵你，就是不想讓你知道，你竟然還去問。比小學生還不如。

好啦。算了啦。不氣了啦。我教你們一件事。學語言，當然是從「三字經」學起。這是「牛頓第四定律」。不過，還有一句要學，更要學，就是「你也是」。翻成閩南語叫：「你嘛同款！」翻成英語，叫：「You too!」搞不清楚人家在捧你還是罵你，又不想失禮，又不想吃虧，那就隨時掛嘴上。下回遇到美國人，千萬不要人家罵：「Fuck you!」你說：「You are welcome!」人家罵：「Shit!」你說：「Thank you very much!」聽不懂就說：「You too!」「你嘛同款！」再見。

只有一種罵法？

每件事兒都會過去。不管是鳥事兒，還是正事兒。唐湘龍的人生哲學，就是這種癩皮狗的態度。只要不擋住我的陽光，我是不管別人車水馬龍的。

你看，陳唐山沒事了吧？經過「鼻屎國」、「捁懶趴」事件，我覺得陳唐山像是破繭而出，從一隻亂亂趖的毛毛蟲，完全變態成一隻美麗、自由的蝴蝶。我喜歡這種越挫越勇的人生。我說著、想著，越來越被陳唐山感動。我想，也一定鼓舞了一切挫敗、失意，當然，也可能是無能的官員。尤其是那句驚天動地、餘音繞樑的「誰可以叫我下台？」我想到關雲長。那種沛然莫之能禦的豪情、勇氣（眞的需要很大勇氣），我、我、我……嗚嗚嗚……我忍不住啦。

爲了陳唐山，我一直想孔想縫爲他的失言解套。當然，不只我，愛他的人，太多了。像呂秀蓮。呂秀蓮是連檳榔西施穿太少，罵；樂透買太多，也罵；婚前性行爲，更罵。我心目中的呂秀蓮，根本是現代史的道德屋頂。俗世的教宗。可是，她也同情陳唐山。她覺得，「懶趴」只是男性器官的一部分，是上帝的傑作。自從教宗這樣說，我就再也不扭捏了。再也不用「@$%」代表不雅，連「LP」都不用。我就用「懶趴」，「掊懶趴」。我們要毫無負擔，毫不罪惡地「掊上帝的傑作」。我解放自己。也希望大家能解放自己。不要再壓抑了。連外交部的紀錄都正名了。陳唐山也說他「創造」了語言，未來還要繼續用。各位還掙扎什麼？文化就是虛僞。文明更是假象。新加坡不回嘴，是自己棄權。蠢。

其實，認眞想想：如果陳唐山不用「掊懶趴」，那麼陳唐山還能用什麼更嚴肅、正式、文雅的字眼，精確表達他要表達的意思？你信不信，可能沒有。你可以自己試試。換個字眼，就會詞不達意。台語老師，方南強，以前我常訪問他。他說，最文雅的方式，就是「掊」（捧）。不要把懶趴講出來。閩南語的「掊」就是奉承、討好、恭維的意思。「懶趴」強化了語氣。就是奉承到無以復加的意思。除此之外，他也想不出什麼更好的字眼。

Bingo了吧。陳唐山是不得已的。他用閩南語講話，講到一半突然卡住，不用「掊懶趴」，講不下去。所以，只好講了。就算失言，其實，也不全是陳唐山的錯。有一半，是閩南語的錯。閩南語的詞彙量一定是不夠多，才會不夠用。害陳唐山的「懶趴」被全世界都看到。

哪種語言不罵人呢？是不是？都會呀。像國語，什麼幹、肏，艾爾頓強的「F word」更是回銷英國，都不算什麼。我從小就聽眷村裡老芋仔們的「太麻里隔壁」。聽到耳朵長繭。不過，語言的文明、成熟，有一個差別，在於層次感。從最禮貌，到最粗鄙，可以讓人在脫口而出之餘，有層次的選擇。除非眞是急怒攻心，口不擇言，不然，就不會找不到適當的詞兒，出現這種「一步到位」的語言暴力。語言暴力如果會讓聽的人覺得不舒服、離譜，不只是因爲粗鄙，還有，就是不符「比例原則」，講太重了。不同情境，卻只有相同的「最高級語言暴力」可以用，這對語言本身來說，是很危險的。

大家都說閩南語是優美的。我也覺得。我老早前看連橫的《台灣語典》，就被感動過。那種感動，跟被陳唐山感動，是不一樣的感動。你們可以試試。

誰記得世界第八？

年紀大，記性不好。我忘了。有沒有人記得，五年多前的九二一大地震，台灣死難近兩千人。好多的外國的救難、援助湧進台灣，我不知道，有沒有哪個國家說這樣做可以提高自己的「國際能見度」？

我是眞的不記得。我猜也不會有。我不覺得有哪個國家會一天到晚把「國際能見度」掛嘴上，幹啥事兒，都會蹦出這句話。這不只殺風景。這簡直讓人覺得僞善透頂。受你的援，拿你的錢，也不覺得需要感激你什麼。反正，你是有目的。我的苦難只是你的工具。我因爲苦難收你錢。你出了錢，滿足了虛榮。各取所需。

南亞地震、海嘯，聯合國都講了，這大概是人類有史以來死傷最嚴重的單一天災。受災八國，對啦，跟我們都沒邦交啦。不過，一、地緣上，是厝邊隔壁，沒辦法裝沒看到啦。

二、人道、慈善，本來就不該是用政治關係來做絕對標準的。三、台灣雖然受盡打壓，東協加一、加二、加三，加到一百大概也不會加到台灣，不過，台灣確實是這個地區最富有的國家之一。光看泰勞、印勞紛紛來台工作，台灣就有點「雇主國」的味道。幫傭家裡出了這麼大的事兒，雇主總是該有點發自肺腑的關心。

本來台灣說要捐五百萬。美金。不過，災情越來越嚴重，美國、日本都被嫌小氣，紛紛加碼。台灣也跟著加。還好有加。我看到珊卓布拉克一個人就捐了一百萬美金。不要說台灣，全世界很多國家恐怕都比不上她一個人。台灣後來捐五千萬美金。很好。可是外交部次長高英茂那句全世界排名第八，提高國際能見度的談話，真是讓我覺得很丟臉。每次都這樣。讓人覺得提籃假燒金。

我聽了實在悶著氣。氣到笑。說實在的，五千萬，只有當年承諾捐給科索沃三億美金的六分之一。南亞的情況比科索沃嚴重多了，但捐款卻少得多。證明台灣的經濟實力，可能衰退了六分之五。再說，要提高能見度，就是要讓人家有印象，記得台灣幹過什麼國際大善人。可是，就像運動比賽一樣，不要說第八啦，連第二名都不見得有人記得。誰記得哪個比賽誰得了第八名？真要提高能見度，要不，乾脆跟美國拚第一，不然，總統裸奔可能都比捐錢快。

說得難聽點，在鬧災的時候，能見度最高的，當然是災區。災民。「九二一」的時候，誰的能見度最高？當然是台灣。誰幫了台灣什麼忙，說實在的，幫過就算了，有誰會去跟苦難的災區、災民比能見度呢？

眞的不知該怎麼講這種感覺。台灣因爲有錢，沒地位，就變得比一般暴富國家更容易流露出一種財大氣粗的氣質。更容易不斷提醒人家「要記得我做過的好事」。這是台灣的集體精神症狀，眞的該吃藥了。

誰邀請阿扁？

受不了。讓我掉個書袋子。不然不知道怎麼講起。

《孟子．離婁篇》第三十三章講了個很有名的故事。這故事出了兩個典故。一個，叫「齊人之福」。這大家都會用。現在被引申爲「一屋二妻」，好像男人很有本事的樣子。還一個，叫「驕其妻妾」。意思是向妻妾誇耀自己在外頭結交權貴，酬酢終日，身價非凡。

孟子很屌，就屌在故事短，但傳神。說教歸說教，但三言兩語，把人性都點破。這故事是說有個齊國人，每天出門，都是酒足飯飽回來。連唐湘龍都羨慕。他老婆問起吃飯對象，他說的都是一些富貴中人。可是，老婆起疑，跟小妾講，這個死鬼把自己講得好像行政院長一樣，每天吃不完應酬飯，可是，從來沒看到個像樣的人來家裡。妻妾兩人決定成立「眞相調查委員會」，跟蹤一下。不跟還好，一路上，沒半個人跟他老公說話，一直跟到墳場，眞相大白，原來，什麼富貴中人？鬼咧。他老公每天穿水水，趴趴走，原來是走到墳場跟喪家乞食。這一場吃不夠，再趕下一場。妻妾倆知道眞相，傷心透了。

幹嘛講這典故？因爲我實在受不了。上禮拜，小布希就職。李遠哲帶團，祝賀團。團員還有吳釗燮。陸委會主委。行前，就開始唬爛。說什麼受到邀請。代表總統。是特使身分。還可能順道與美國高層會面。唉，這套把戲，竟然到了二十一世紀，還在玩。騙一些白癡民眾，以爲扁政府眞的多夠力，跟小布希多麻吉。

拜託，如果唐湘龍沒記錯，美國從建國以來，就從沒邀過外國元首、特使參加什麼總統就職典禮。台灣愛搞，美國人可不興這套。美國的就職典禮都是民間主辦。有沒有邀外賓？有。各國代表就是各國駐美大使。嚴格講，台灣代表，應該就是駐美代表，現在是李大維。可是，台灣就愛另派一團。好吧，派就派嘛，裝什麼高級？好像是美國政府特別邀請的一樣。我就不信。第一、你告訴我，就職典禮上，全世界近兩百個國家，還有哪個大國派什麼祝賀特使？第二、如果有邀請，你李遠哲、吳釗燮要不要出示一下邀請函，讓大夥瞧瞧，邀請函上，到底寫的是誰的名字？

要坐著參加美國總統就職，一般，要花錢的。李遠哲、吳釗燮的邀請函有沒有花錢？是誰的名義申請？我不知道。不過，我就不信那是什麼具名邀請。眞要搞正名運動，那「邀請函」，嚴格講，只是一張「入場券」。這種騙老百姓不懂，驕其百姓的心態，跟驕其妻妾一模一樣，說穿了，一文不値，讓人只想爲這些沒出息的東西掉眼淚。最後，還被老共吐嘈。

驕其妻妾，就是自欺欺人。對美關係上，台灣一直在幹這種事兒。之前，阿扁過境專機停在空軍一號旁，也拿來說嘴，如柯林頓親臨。去中美洲，跟鮑爾寒暄一句，說是美台高層會面。過境紐約，宣稱是空前的禮遇。唉，沒出息。眞是沒出息透了。

輯二

自宮志工

「五二〇」，舉國歡騰，普天同慶的「五二〇」，我們無中生有的新節日，百貨公司政治正確的新檔期。

這是阿扁賜給我們的。阿扁總統又身教，又言教，告訴我們做人與不能做人的方法。有沒有注意到，阿扁刻意告訴我們的兩件事，一是他「自宮」，一是他「志工」。哇，這兩個字捲不捲舌唸不重要，因爲阿扁讀起來都一樣。就一樣。

阿扁說「自宮」，是說，他已經「縛起來了」。十多年了，不會生了，不能再做人了，所以，他期待當阿公，因爲不能再期待當阿爸。阿扁眞是家庭計畫的宣導模範說，一女一男，女大男小，生完結紮，超級一百分。

「五二〇」，阿扁又去當志工，去洗臉、擦背，超令人感動，一個自宮的總統來當志工，眞是好個繞口令，讓人一輩子都忘不掉。

可是，希望阿扁「自宮」的只是生殖能力，不是執政能力；希望阿扁的志工不只服一人之務，那是孫中山口裡下等人的標準，幹總統，要服千萬人之務。才符合「總」和「統」。阿扁說自己「幹什麼，像什麼」，可是，老實講好不好，幹志工很像志工，但幹總統還是不像總統。

總統如果是尊神，總統府如果是個廟，阿扁實在像是個登輝大廟分靈來的小神偶。眞迎起神，信徒老往大廟跑，分靈法力不聖，香火再旺有限，這個總統，好像是李登輝分阿扁做，三不五時指指點點，「五二〇」，還要出來口頭嘉勉，說阿扁幹得不錯。歷史上頭一次，民主程序選出來的總統，還有垂廉聽政。

自宮，很好。志工，很好。都是「終生」的事。不過，老百姓到底不會忘記誰在當總統，功過到底要算誰身上。「五二〇」當志工，會讓大家用愛看政治，轉移了對總統本務的注意嗎？不妨再等等看。這兩年的基本面爛透了。阿扁到現在只證明了一件事：民進黨上台的原因，是因爲國民黨該下台。

注：陳水扁總統赴東沙群島視察時表示，希望能夠在卸任後，到東沙島擔任導覽解說志工。

大官不必自然產，小民禁止學英文

首先，恭喜阿扁。恭喜阿珍。恭喜趙建銘。恭喜陳幸好。恭喜每一個無條件支持阿扁的人。恭喜你們。阿扁家，終於出了一個大家看了都喜歡的人。小安安。

好可愛。長得好。養得更好。結結實實。面對鏡頭，討喜得要命。我不知道一般民眾會不會看了嫉妒，說眞的，一般人家養不出這麼好的孩子。小安安好命。雖然是剖腹生。雖然是金孫。不過，可愛就是可愛。偶而出來露露臉，對第一家庭形象，鐵定加分。誰還記得他外公把國家搞這麼慘。誰記得他阿嬤股票玩得好像巴菲特。誰還記得他爹的特權加好運。

小安安兩歲生日。生日快樂。小安安在家門口露臉的鏡頭，印象深刻吧？他頭一回對著鏡頭講話。指著媒體麥克風上的**mark**，他講了幾個英文字母。逗得大家好樂。英文，開玩笑，這對他們家是有重要修補意義的。後來知道，才兩歲的小安安，已經會唸二十五個字母。除了「W」，他跟倒寫的「m」分不清楚。其他的，都認得。哇，吳佩孚。吳佩孚。唐湘龍這蠢貨，二十六個字母是到小四才學會。還是爲了打棒球，自個兒買字典自修的。小四，就是十一歲。小安安的英文實力，領先唐湘龍九年。當然，更重要的，我想是修補了他阿公殘破的心靈。他阿公，就是阿扁，英文一直不出口。比阿輝伯還慘。沒想到，他們家，最小的，還比最老的，先開口說英文。阿扁私下，應該會流目屎。

可是，我突然想到一件事，我想，完了，小安安闖禍了。小安安違反了政府政策。違反了什麼呢？違反了政府不希望小孩子太小學英文的政策。當然啦，家裡面如果有小孩子念幼稚園，十個有九個，大概都往雙語幼稚園送。「孩子，我要你比我強。」哪個父母不這樣想？可是，教育部之前下令，先是禁止幼稚園以雙語招生，全美語更不准。甚至禁止合法立案的幼稚園教美語。搞得幼稚園、家長都是雞飛狗跳。合不合理不講了，反正政府就是不准。覺得太早學雙語，有害無益。這對家長們有多大說服力？不知道。不過，在聽完小安安的二十五個字母之後，你如果是家長，你還能怎麼辦？廢話，當然學呀。就算偷學要殺頭，也是要學。

當然，小安安違反現行政策，不是頭一樁。衛生署一天到晚鼓勵自然產，她娘就是堅持算日子時辰剖腹。第一家庭金孫都剖腹，上行下效，衛生署還宣導個屁呀？同樣的，小安安兩歲，連幼稚園都還沒上，字母只差一個，你說，叫教育部還宣導啥？禁止啥？第一家庭可以，為什麼市井之家不可以？對啦，你娘、你爹學歷高，自己教就好。就是因為這樣，一般民眾只好寄望幼稚園。小安安在家裡學，教育部卻禁止學校教，沒用啦。

其實，第一家庭的反應常常是很人性的。很好。但就是因為很人性，就會顯得政府的政策，其實很沒人性。剖腹產，浪費醫療資源，又可以領保險，衛生署還宣導嗎？英語教學，多數家長覺得比母語教學重要得多，教育部還要禁止嗎？有些行政部門，平常「夫子自道」，碰到第一家庭，卻屁都不敢放一個。大官不必自然產，小民禁止學英文，以後，你講給誰聽啊？

「好運」會遺傳

像那種台大專任醫師甄試，您竟然有同額錄取的運氣，這種感覺其實我是有一點點的。建銘葛格。

雖然你名叫賤民。但其實，就像我的老朋友，那鍋駐完美，又去駐歐的程建人一樣。名字叫賤人，其實，哪裡賤呢？命好得很。唐湘龍有點賤，但也還不夠賤。一輩子還被天上掉下來的禮物砸過一兩次，像大學聯考，媽的，我高中成績多爛啊，可是，就是考得還可以。題目連代帶猜，命中率高得一蹋糊塗。正常人，一輩子總會遇個一、二次到老想起來還會手腳不自覺發抖的好運氣。不過，也是眞有些賤人、賤民，不是人品賤，是命賤。賤命一條，衰事拖屎連。那種賤，賤到被車撞到都不想叫，土石流來了也不想逃。會讓人有一種跟老天賭氣，想知道自己到底還能衰到什麼地步的念頭。不過，怪了，這種人，還通常潤命，除非自殺，不容易死。

好吧，扯遠了。這種買樂透衰到六碼都差一號的感覺你不會體會的。你太好命了。你那種好命，除了做出選美奪冠佳麗經典的睜眼、張口、捂嘴、流淚之外，也不可能再有什麼表情了。對不起，學一下你岳父的書袋子，西諺有云：「too lucky to be true」，你一定懂，不過，還是英翻中給你聽（偷偷告訴你，我英文跟你岳父一樣爛，可是，大學考試英翻中嚇嚇叫。同學都被我嚇到叫出來），就是運氣太好了，好到不可能是眞的。

唐湘龍是世故的。老江湖了。碰到這種運氣好到不行的事兒，我得勸你。別光顧著高興，後遺症通常很多。像唐湘龍種小鼻小眼小屁股的，那還是小事兒，老實說，頂多就是嫉妒你。不過，如果在賭場裡，會有人懷疑你「博歹賭」、「詐賭」。在考場裡，會有人懷疑你作弊。官場裡，一定有人懷疑你靠關係、走後門。最嚴重的情況，你會發現，全世界只有你相信你自己，連上帝都不信。學科學的人都嘛會講一句話：「上帝不玩骰子。」你運氣好到這樣，我要是上帝，我會覺得沒意思，我寧可投胎當趙建銘。

建銘葛格，我是不知道你能力怎樣。但運氣鐵定好。專任醫師甄選，雖然骨科不是多熱門，但也不至於錄取一個，結果，報名的就一個，就是你，然後，就錄取你。我倒不是懷疑你，還有你的老師們「搓圓仔湯」，我只是覺得這如果是個局，這局設得太巧妙了。如果取兩個，那其他競爭者會想：「就算一個給趙建銘，我總還有一個機會。」那報名的可能就很多，是非就會多。但是，如果只取一個，大家又知道裡頭有趙建銘，上頭有一堆恩師，那就算是鐵齒銅牙如唐湘龍者，也會認命。會放棄。我要怪，除了怪命不好，老婆不對，再怪，就只好怪自己的師恩不夠浩蕩。

當然，你也不用覺得怎樣委屈。這種「運氣好到不像眞的」事情，也不是只有你碰過。你岳父肚皮上的那一槍，那才眞是讓上帝都不想幹下去哩。「好運」這種事情，是掌權者的「家族遺傳」，這個唐湘龍好早就發現了，一個過一個，停都停不下來。其實，這個時候，我才懂你岳父那句：「嘸就算我好運，啊嘸你想嘜安怎？」這句話，你應該也常講吧？

我是純釀小賤民唐湘龍。向趙葛格請安。

「三層遊覽車」會很紅

景氣好像出了點問題。很多人又開始怕。怕歸怕，不能光怕呀。好吧。報一項乎你賺。絕對好賺。獨門生意。

我告訴你。你不要告訴別人。你去想辦法弄幾台三層遊覽車。就是比現在常見的兩層遊覽車還要高一層的的遊覽車。越高越好。「重心不穩？」對啦，我知道啦，那不是我管得到的啦。你自己去克服。「很貴？」對啦，隨便一台兩層遊覽車都要好幾百萬，何況三層。不過，不要怕啦。絕對比你買股票保險啦。

爲什麼要弄三層遊覽車？嘻嘻，我告訴你，因爲，阿扁家的圍牆要加高了。就是官邸啦。住台北的大概都知道，重慶南路上，愛國西路口。離總統府兩個路口。以前，「三二〇」以前，吼，那邊路大條又好走，阿扁親民嘛，都不設路障，外人經過，不細講，根本不知道那是總統官邸。可是，「三二〇」以後，不行了。之前那陣子，開玩笑，不小心開車進博愛特區，路障、崗哨、鐵絲網，你一定以爲進了封神榜的天門陣，沒人帶，根本出不來。結果，不封還好，封了更糟，現在，總統官邸竟然成了觀光區。

台灣的觀光業不怎樣啦。外國觀光客不多啦。來，故宮走走，再來，就是中正紀念堂。city-tour就算結束。不過，現在，聽說都要再繞一繞，中正紀念堂反正近嘛，遊覽車都嘛繞到官邸走一走，官邸圍牆擋不住，雙層遊覽車邊繞邊解說，裡面住著一個兩顆土彈打出來的總統，全世界只有他自己說是政治暗殺。選前哀哀叫，選後像囚犯，不是不見彈，就是靠防彈玻璃過日子。觀光客探頭探腦，邊笑邊拍照，媽的，把官邸當動物園，太過分了。

要吸引觀光客嘛，讓人家看看又不會怎樣？可是，阿扁不只膽子小，肚量更小。竟然要把官邸圍牆加高，不給看。這實在很好笑，對不對？官邸圍牆本來不高，但也不矮呀，說眞的，要再加高，就不像圍牆了，像什麼呢？我覺得，像堤防。像兩百年洪水頻率的堤防。平常在基隆河邊看看就算了，博愛特區蓋起來，就有夠好笑。這是提醒路過的人，此地無銀三百兩，此地有個「僞總統」？而且，還要加強警衛，從一百二十人，增加到四百人。靠，四百人，你知不知道，金門最前線，叫大膽，馬祖最前線，叫烏坵，這兩個地方，每天大敵當前，駐軍多少人？也不過四百多。一個大後方的總統官邸，配置竟然比照最前線。乾脆，「玉山警衛室」納編金防部算了。怎麼有這麼怕死的總統哪，每天都怕有人殺他。

好啦，言歸正傳，你知道爲什麼要三層遊覽車了吧？嘻嘻，等阿扁家圍牆蓋起來，三層遊覽車就搶手了。那是唯一可以繼續繞官邸帶偷窺的遊覽車。你說，會不會很搶手？鐵搶手的啦。這就牆高一尺，車高一丈。嘻嘻。有沒有聰明？

「如果阿扁圍牆再加高怎麼辦？」嗯，那他家圍牆就跟台北監獄差不多了，那就放了他吧。可憐哪，這總統。

誰愛原住民？

高砂國還沒建國就被消滅，我不同理，但很同情。

我恥笑那些天天喊建國，卻不准別人建國，沒膽搞台灣國，卻消滅高砂國的獨派人士，眞是首鼠兩端。高砂國「總監」叫蘇榮宗，被提報爲流氓。眞是應了那句「成者爲王，敗者爲寇」。可是，聽高砂國子民們的說法，蘇榮宗也沒騙他們什麼，說流氓，只能怪他把阿扁那套「國中有國」的原住民政策太當眞。

我稍微花過一點功夫想多了解原住民。不是虛情假意。服役時，我在野戰部隊待了一年，其中九個多月，派戍山防部隊。那段日子眞有意思。我的單位，一個重裝師的加強營，分成許多獨立連、排甚至班，防區從東勢，沿著中橫，到大禹嶺，往北到武陵。我是排長。駐地在武陵農場前的一個山坳裡，叫苗圃。離營區不遠，就是泰雅族的環山部落。因爲溫帶水果、高冷蔬菜，環山部落號稱是原住民經濟狀況最好的部落。

那九個多月裡，跟他們常接觸，稍微了解，所謂好，也不過爾爾。他們土地所有權觀念淡泊，心眼兒不深，老被漢人騙。現在，山上多是漢人的地，原住民，大部分打工。那是他們的部落。他們的原鄉。我要講的重點是，以爲山上的地都是原住民的，這種人眞是蠢。還有，更別以爲現在原住民有的是最紅的歌手、最紅的球星，那是少之又少的少數。多數的原住民，生活極差。命短。相對於漢人，他們像蜉蝣。

別看什麼閩客外省間的族群情結，那只是漢族的「內部矛盾」。幾年前，我看過一份蓋洛普做的民調，好像沒公布。那民調只證明一件事，閩、客、外省再吵再鬥，通婚、交友、聘雇，幾乎不歧視。有，也頂多三、五個百分點。但問到這三個漢族願不願意自己或子女與原住民婚、友、聘雇，那問題馬上出來。通婚最明顯，三成以上，輕的猶豫，重的反對。尤其如果女兒要嫁原住民的話，你試試看問你自己。

你知道那一種人最「忽視」原住民？我沒有調查數字。可是，我覺得是那些跟漢族通婚的原住民第二代。我注意到，一些原住民第二代，出現「麥可現象」。像麥可傑克森，意識裡，一直不願正視自己的黑人身分。整形、漂白，想隱藏自己。文化自卑，覺得黑人身分妨礙了他社會地位的提升。這種情況，最近幾年有好一點，但感覺上還是存在。如果你問他族群背景，不論他是漢父原母或是漢母原父，他都傾向只回答一個漢人身分。他只接受半個自己。他急著說服自己「漢化成功」，對原住民遭遇到的困境，有時表現得比漢人更不理解。

四百年來，台灣島上，漢人數目從零，到二千三百萬。原住民呢？現在還不到四十萬。你覺得問題在哪裡？是漢人比較會生？還是漢人比較會殺？面對原住民，漢人用自己的律法，赦免自己祖宗十八代的罪。漢人在這島上的一切，不必理由。對不起，我把氣氛搞得有點沉。

輯三

好準的文字遊戲

有一天看電視，聽到民進黨立委轉述的笑話。可是，眞的，我笑不出來。

那個笑話大意是這樣的，是說有個算命的，拿連、宋的名字去測明年大選輸贏，說「連」沒有那個走字邊，是個「車」。「瑜」少了個斜玉旁，是個「俞」。「車」加上「俞」，是個「輸」字。連宋合，輸定了。

這個「笑話」，我至少聽到兩個當天在場的委員公開講過了。還說起阿扁乍聽時，那種龍心大悅，雲開見月，笑到不可自抑的情狀。我又忍不住默默爲民進黨怨歎起來。唉，這個黨，執政這麼久，還在打這種黨外雜誌時代的文字手槍。拿人家的名字，排列組合，湊湊諧音，編個冷笑話，借助市井耳語，或是網路轉寄，廉價地糟蹋一下對手，也讓自己化痰順氣。

這種把戲，從「你等會兒」就開始了，算算看，到現在多久了？當然，現在李登輝幡然改悟，成了獨派精神導師，這種玩笑不開了。可是，對自己政治對手的黨名、人名，有機會就玩玩這種賤嘴遊戲，民進黨從來沒停過。阿龍我常自批自省，說自己嘴賤，其實，跟民進黨比，哪兒呀？就算要玩，像「『再』怎麼『野』蠻」這種水準，起碼也還高級。

當然啦，威權和民主都會玩文字。威權時代，一不小心，就容易玩出「文字獄」，現在，頂多當文字遊戲，廉價文宣。不過，要玩，總要玩得有點味道，有點進步。像前面那個「輸」，轉得太硬了，拗得太勉強了，笑話是一種不邏輯的邏輯。知道是笑話，可是，要讓聽的人覺得有一種靈光乍現、會心一笑的眞實感。甚至覺得，哎，這種笑話是誰想出來的？眞聰明，可以擺進《世說新語》，巧言妙對。如果只是很低俗的硬湊、硬拗，還覺得好笑，那笑的人的問題，鐵定比被笑的還大。

我敢這樣批評，一定有兩把刷子。你們一定很佩服我，對不對？算你們有眼光。阿龍我在三年前就給阿扁測過字了。記不記得，就是呂秀蓮在哀歎自己是深宮怨婦的時候，那時候，陳呂配眼看就要拆夥，我就講過，「陳呂配」是個「殘障組合」。「陳」，只有一個耳朵，「呂」，多了一張嘴巴。一耳，一定偏聽，兩嘴，鐵定話多；當總統的，應該兼聽，結果偏聽；當副總統的應該愼言，結果一天到晚放砲，國家怎麼可能不亂？政局怎麼可能安定？

啊，不是我阿龍膨風啦，阿龍給「陳呂」測的字，不只不拗，不湊，而且準呆了。什麼是幽默？這才是高級幽默啦。

聽到那個「輸」的笑話，我最難過的，還不只是「低級幽默」，而是裡頭那種江湖術士用讖緯災異、怪力亂神，見人說人話，見鬼說鬼話的嘴臉，竟然上了政客的臉，拿來當做逢迎拍馬成功的會心暗笑。阿扁的笑，只是證明，千穿萬穿，馬屁不穿。幽默過了頭，只剩一臉諂媚。

「五二〇」三周年

「五二〇」三周年，幾份總統支持度的民調，都是連宋贏，多少贏一點。可是，「連宋配」加「扁×配」，全部支持度大概都只有五成。有的，甚至四成。有五、六成的選民突然都不表態了。

可是，兩黨對決的態勢，這麼低的表態率，很怪的。幾個原因，我猜，一個，現在誰有心情管選舉啊？防疫都來不及；第二，有很多人根本不覺得自己一定能活到明年三月；第三，這些人也許覺得自己活下去沒問題，但對這些候選人是不是都能撐到明年三月沒把握。既然這麼多變數，現在談總統選舉幹嘛？

「五二〇」那天，阿扁一定很痛苦。我要是阿扁，我會希望「五一九」晚上睡覺，醒來就是「五二一」，雖然疫情、政情，還是要一樣一樣去面對，至少，不用老是老百姓在辦喪事的時候，自個兒在辦喜事兒。你們是不可能像我那麼善體人意，會用「置入性思考」，設身處地模擬阿扁心情，可是，眞的，阿扁這些年，這種「一人有慶，兆民幹之」的經驗太豐富了。他兒子當兵、他女兒出嫁、他孫子出生，台灣災難頻傳，可是，他家喜事不斷。這些事兒，說不高興？那太假仙了。可是，天災人禍不斷，大家日子實在太苦了，這種「一家笑，一路哭」的對比太鮮明了，「五二〇」這種政治慶典當然能免就免了。說眞的，「五二〇」還比較像「台灣受難日」，齋戒沐浴降半旗，大夥心裡說不定還踏實點。

「五二〇」的阿扁，眞的是生不如死。這一天，台灣SARS可能病例單日三十六例，創新高；這一天，股市創新低；這一天，媒體追著他女婿、女兒有沒有落跑做文章；阿扁一整天「粗這鍋也癢，粗那鍋也癢」。說要鼓勵大家當志工，可是，沒去醫院，去了療養院，好怪；下午去黨部，更是語無倫次。加入WHO失敗，痛罵老共，這可以理解，可是說要推動公投加入WHO，這實在不知道是什麼跟什麼。這需要公投嗎？第一、朝野在這檔事兒上沒歧見啊；第二、公投結果，就算百分之百都支持，那又怎樣？如果這樣就能強化加入WHO的正當性，那幹嘛不乾脆公投加入聯合國？或者公投成爲美國的第五十一州？

說眞的，如果問我阿扁這三年幹得怎樣？我的答案會跟游錫堃談涂醒哲一樣，眞是「有目共ㄉㄨˇ」，「ㄉㄨˇ」什麼？那大家自己塡。可是，我要講的是，我覺得阿扁的氣快散了。

最近，臉好苦瓜，苦瓜程度超過我，直逼董建華。我希望阿扁振作一點，無論如何，也要帶台灣挺過這一關。

注：二〇〇三年五月，SARS疫情失控，疑似病例、可能病例與死亡病例迭創新高，SARS陰影籠罩全台，人人自危。

拿國旗的方法

阿扁說「五二〇」要簡單隆重。我很同意。我最喜歡同意阿扁了。只要一同意阿扁，我就覺得被接納、被肯定，我就不用擔心「中國豬滾回去」，不用害怕「廣告主協會」、「閱聽人監督聯盟」，我覺得站在巨人肩上，墓仔埔嘛敢去。眞的。

阿扁說「五二〇」要辦得像「民主嘉年華」。我也很同意。我覺得這種天上掉下來的政權，不只要慶祝、歡樂，阿扁應該請明華園歌仔戲、阿忠布袋戲到凱達格蘭大道連演半個月，酬神啦。順便沖沖泛藍連月活動留下的霉氣。

不過，民進黨說動員五十萬。後來改口說二十三萬。唉，不管五十萬、二十三萬，都夠多了啦。不用硬跟「三二七」比。南台灣歷來最大規模的公投大遊行，也不過號稱二十萬。二十三萬，場面夠大了。不用再說什麼簡單隆重，裝低調。不過，民進黨說那天要拿國旗，拜託，你乾脆連「台灣有你眞好」一起放算了，胡鬧嘛。是不是？這個不可以。絕對不可以。我反對。

二十三萬人拿國旗？場面應該也很壯觀。問題是：誰來拿？阿扁台灣頭走到台灣尾，三洋、五洲飛透透，每一次都一樣，旗子亂七八糟，各路獨派旗號，講到乎你知，嘴鬚會打結。國旗呢？嘿，鐵定的，都是萬綠叢中一點紅。綠林好漢拿國旗？不好啦。不對啦。再裝也不像啦。記不記得元旦早上？民進黨只下令動員一萬人，要升旗、唱國歌。才一萬人，靠，你知道多難嗎？你沒聽到民進黨民代哀哀叫的樣子。還二十三萬人咧，你是要這些民代去擄人勒贖嗎？呔！

後來有沒有動員一萬人？不知道啦。不過，國歌唱得「二二二六六」。如果有聽到聲音，賣假啦，那是後面泛藍群眾唱的。要二十三萬人拿國旗，搖國旗，粉尷尬哩。唐湘龍是很擔心，典禮結束，凱達格蘭地上有二十三萬面國旗。這不是更尷尬？

當然，唐湘龍是支持阿扁的。唐湘龍不想滾回中國去。唐湘龍一定要給阿扁一些正面的、有意義的、可行的建議。好，我覺得，第一、盡量不要拿國旗，免得這些人精神分裂。第二、如果一定要拿，那就要動員，這個動員比二二八牽手難，計算要更精密，每一個拿旗的，都要點名做記號。第三、因爲這是昧著良心的事情，要逼二十三萬人一起昧著良心做一件事，一定要有鼓勵，那天的走路工要分拿旗、不拿旗的兩種行情，拿旗的加倍，拿大旗的，更要發遮羞費。而且，一定要向民眾承諾，他們拿國旗的事情絕對不會洩露出去。第四、現場要設有心理諮商攤位，隨時提供出現急性精神官能症狀的民眾求救。第五、事後，要透過社工系統，對二十三萬人進行長期心理追蹤輔導，建立「國旗有多難拿」的臨床資料。

好啦。最後一句話，如果在準備這麼周全，重賞之下仍然找不到懦夫，那就建議阿扁反向思考。乾脆，請泛藍幫你動員吧。那會很快。只不過，最後那些國旗會一起丟向阿扁。

注：五二〇當天約五萬人到場觀禮，典禮結束後成堆小國旗散落一地，遭台北市政府環保局開單告發。

好想參加「五二〇」

我從來都沒有參加過「五二〇」就職大典。我好想哦。

這次尤其想。越想，就更想。我非想個法子不可。我想，參加過今年總統就職典禮的人，以後都可以「蹺腳捻嘴鬚」，跟兒孫炫耀一下：「你們有看過總統穿防彈衣、躲在防彈玻璃後面就職的嗎？」媽的，那種好笑的世道你們沒見過都不信哪。呔！

還有，那天最好別下雨。下雨，玻璃上都是水珠，總統的面貌會更模糊。

本來也不是這麼想講話。可是，自從阿扁總統叫大家「閉嘴」。自從阿扁總統說「三二〇」到「三二七」的凱達格蘭大道是「流產政變」，唐湘龍對政治的感覺突然就像濃縮果汁一樣，加水稀釋二十倍，還是很有味道。我想，我跟很多人想的都一樣，媽的，政變還眞容易，我竟然一不小心就參加過政變了。我少年時本來還想從軍，夢想進忠烈祠，沒想到，中年竟然犯了內亂罪。阿扁一句「誚話」，讓我覺得人生變成「笑話」。我媽教我要敢做敢當，我，想自首。

好，別吵。別吵。我知道，我知道你們都想自首。那我們「五二〇」一起去好了。這樣，讓阿扁「雙喜臨門」。不過，我們不能束手就擒。我們是有史以來最大規模的失敗政變，自首也要有個自首的樣子。那天，請準備幾樣東西。

一、自製手銬一副。不用麻煩。去買厚紙板，塗上綠色油漆就可以。每個人戴綠手銬去自首。

二、撒隆巴斯塗綠貼嘴巴。象徵民進黨箝制言論自由。把公民反抗說成是流產政變。

三、每個人戴紅帽子，省得阿扁來戴。對，就是中共同路人。少嚕嗦，反正，阿扁說我們是，那就是。

四、政變一定要有武器，要自首，我建議帶水槍。既然叫水扁，應該也應景。

什麼？「你怕阿扁眞的下令開槍？」啊，不會啦。兩顆不名譽的子彈就讓阿扁躲在防彈玻璃後面兩個月，眞要亂了，那以後阿扁出門豈不是要靠機械化步兵師才夠看了。何況，現在軍人如果眞要拿槍，槍口朝誰，阿扁恐怕比任何人都沒把握。你看這幾天，風聲鶴唳，整個民進黨政府都在「練誚話」，你就知道誰比較怕了。各位，「五二〇」，「我愛你」。

酒是真的啦！

我覺得很訝異。台灣菸酒公司的總統紀念酒滯銷。聽說公司還要員工去推銷。算考績。員工還爆料。這些員工，也實在很不上道。

我不知道爲什麼滯銷。我之前有注意到，雖然政治人物搞選舉，開發自己周邊商品，都有不錯買盤，不過，只要選舉一結束，這些紀念商品，就不見得。甚至紀念鈔、紀念幣，更慘。有的，還扯出詐欺糾紛。早說過，政治，就是騙術。政客，就是騙徒。他手法一以貫之行騙多年，你還上當，我要是法官，我也不理你。

不過，我猜想，今年（二〇〇四）紀念酒特別滯銷最可能的原因有兩個。第一個，起碼台灣有一半的人不買。這很嚴重，阿扁心裡有數。所有市場規模最多只有一般菸酒的一半。可是，另外一半的人應該會很想買呀？這就是第二個原因了。我覺得是民眾誤會了，可是菸酒公司又沒有講清楚，我來做個免費工商服務，幫菸酒公司講清楚。別擔心，我不抽紅。也不用算考績。

民眾誤會什麼呢？我想，很多的民眾，都知道阿扁現在是僞政府、僞總統。像比目魚，眼睛都長在同一邊。阿扁自己也知道，很氣，還使弄吳容明出來挑逗在野黨。這就不用多講了。可是，很多民眾可能因此以爲「僞政府」、「僞總統」的紀念酒也是「僞」的。心想，媽的，「僞總統」也就算了，裝沒看到就好，竟然還敢賣「僞紀念酒」。僞酒，就是假酒，假酒喝了，不死也半條命，菸酒公司賣僞酒，還賣得特別貴，可不可惡？可惡死了。我猜原因可能是有人看著紀念酒瓶上的扁呂肖像，大罵「僞總統紀念酒」。反正台灣人別的本事沒有，泛政治化思考是一流的，聽的人，也搞不清楚到底總統是僞的？還是酒是僞的？還是都是僞的？這種流言四竄，影響人心士氣甚鉅，政府竟然沒有啓動國安機制，我覺得菸酒公司實在應該提出告訴。

我不是菸酒公司員工，不過，平常對菸酒公司的業績一直默默奉獻。日久生情，我願意斗膽以個人在《中國時報》的去留做擔保，嘻嘻，總統雖然是僞的，但酒一定是眞的啦。不信，我喝給你看啦。謝謝啦。

當然，我知道大家聽到狗嘴竟然吐出象牙，一定懷疑我不安好心。好吧，我再偷偷告訴你們兩個要搶購紀念酒的理由。第一、既然是紀念酒，就一定要有紀念性，對不？那，還有什麼比「僞政府」、「僞總統」發行的紀念酒更有紀念性？你看，台中員警被槍擊，多眞？扁呂被槍擊，多假？小隊長一死一重傷，扁呂兩個禮拜能跑能跳。這種總統管他眞僞，紀念酒一定很紀念的啦。

「如果驗票翻盤怎麼辦？」笨，我就知道你們會想這種自以爲聰明的蠢問題。如果翻盤，那「僞總統紀念酒」就絕版了，空前絕後，絕版的東西還不漲嗎？還不夠紀念嗎？而且，你不用擔心像「耐吉」一樣，這種不名譽的事兒，菸酒公司不會搞什麼「復刻版」海報、運動鞋。

第二、「如果不想保値怎麼辦？」那，把它開了吧。不管藍綠，總有一方是悲從中來，總有一方是歡欣鼓舞，這還不喝呀？乾了吧。大家來跟阿扁「練肖話」。不過，提醒你，那是高粱。

注：其實不只是第十一屆總統副總統就職紀念酒，台灣菸酒公司的一般酒品早已實施最低額度強迫促銷辦法，生產部門兼職行銷業務。

簡稱「別查會」

阿扁決定成立「三一九槍擊事件特別調查委員會」，耶！萬歲！阿扁萬歲！阿扁都沒變，還是騙。

這個委員會的名稱前後幾個字？十四個。這有沒有申請金氏紀錄？不知道。反正，唐湘龍很無聊，無聊到常常玩這種文字遊戲。逗自己開心。譬如說，我問你，我們的邦交國裡頭，國名最長的是哪個？

嘻嘻，嘻嘻，不知吧？我告訴你啦，你問外交部長也不一定知道啦，誰像唐湘龍這麼無聊呢？我告訴你，最長的，叫「聖多美普林西比共和國」十個字。在哪裡？西非。大不大？廢話，大你還會不知道啊？窮不窮？以前窮，但最近我注意到一條超級小的國際新聞，靠，這麼個鳥拉屎都拉不準的西非小島國，竟然發現了石油。發了。發了就累了，大概快斷交了。

好，單位名字長一點不可以嗎？可以。當然可以。可是，就像武俠小說，看多了一定會有經驗，名號越長的，越嚇人的，武功一定越爛。像什麼「神拳無敵鐵腳鎖命一指封喉見光死」，肺不好，一口氣還唸不完的卡，那大概就是出場讓主角練靶的。還有一個個人經驗，像我在報社待了十多年，編輯認識一拖拉庫，老編輯經驗傳承一句話：記者稿子越爛，標題、版面就要做得越漂亮。所以，我每次看見老編做出好標題，我就回家喝悶酒，夾卵蛋。這樣講，你對「三一九槍擊事件特別調查委員會」到底能有個什麼鳥用，就不會有什麼不切實際的期待了。懂沒？唐湘龍怕你受傷。

「三一九」到現在多久了？媽的，百日都過了。那之前爲什麼不成立？一開始是不吭氣，之後，又說是立法院沒有調查權，在野黨的提案違憲。這個好笑。我笑好久。台灣現在有憲好違啊？呔！就算有，四年來，誰在違呢？執政黨嘛。自己都違了四年了，就算「特調會」違憲，分人家違一次有什麼關係？落翅仔還要裝在室，眞的很噁心。好，就算眞的違憲好了，那現在怎麼又可以了？矛盾嘛，是不是？

啊，不要裝了啦，現在點頭，一、是時機成熟啦。不是破案時機成熟啦。是破不了案的時機成熟了啦。如果眞有槍手，槍手如果還會被抓到，那我拜託，別殺了他。他一定是個白癡。一百天，跑勤快點，地球都快跑一圈了，還會被抓？別唬爛啦。二、是呂秀蓮太吵。呂秀蓮越來越懷疑，阿扁當初獨排眾議提名她，搞不好早就安排好，必要時，犧牲她。越想越不甘，呂秀蓮可能比連宋還想破案。第三、杜悠悠之口啦。如果連特調會都不裝樣子弄弄，會遺笑萬年的。

我支持阿扁。我懂阿扁。阿扁如果是曹操，唐湘龍就是楊修。阿扁的微言大義，我一點你就懂。那個「特別調查委員會」大家簡稱它是「特調會」，其實，阿扁心裡，應該簡稱「別查會」。就別查了。查不出來的。嘻嘻。嘻嘻。現在，你們知道曹操爲什麼非殺楊修不可了吧？「咳！」「咳！」「救郎哦！」

一億元

啊，也不怕你笑，爲了一億元，我每期買樂透彩。

一億元？嗯，如果有，那我就、就……就假裝我還是個窮光蛋，繼續努力。但是，我的心會很飛揚，會很篤定，我想，我會不怕失業，老闆講話大聲的時候，我眉頭不鎖，腳不抖。

可是，就算我知道尹清楓是誰殺的，拉法葉傭金是誰拿的，要我去領那一億元，我寧可繼續買樂透，槓龜槓一輩子。

湯曜明，大家叫他「湯要命」。以前不覺得，現在眞是覺得他想要人家的命。一億元？特赦？喂，別開玩笑好嗎？小案子都洩密洩得一蹋糊塗了，何況是這種性命交關的案子？以中華民國的保密能力，不要說路人皆知，只要該知道的知道了，拿了這一億元，一輩子恐怕都得過著比魯西迪還要慘的日子。

再說，一億元算大嗎？是啦，一億元是歷來刑案獎金的天價，可是，相對「拉法葉」這種光傭金就兩百億台幣的案子，拿一億元出來當餌，誘因也實在太差了一點。非當事人，知道也不敢講，知道的，當事人，看到才一億，十九也不會想講，那麼，一億元有什麼用呢？

就算眞要給獎金，那恐怕也不是下在台灣，應該下在法國。阿扁老是講：「證據到哪裡，就辦到哪裡。」「沒有上限。」「動搖國本，在所不惜。」這些其實都是廢話啦，事實情況是，「國本」還很勇健，證據，從來不是在台灣手裡。到現在，命案，沒進展；弊案，更是「法國的證據查到哪裡，台灣的口水就噴到哪裡」，所有對拉法葉的案情拼圖，有什麼是台灣官方查出來？屁啦，什麼都沒有。都是拿來鬥李登輝、郝柏村。眞是爲了要破案，賞金下在法國，比下在台灣，絕對有希望。

話不管怎麼講，反正，我就是不覺得這一億元有什麼意義。我倒覺得，那其實只是官方「以進爲退」，給自己找台階下的假動作。這一億元賞金，眞要解讀起來，最具體的意思就是：阿扁政府對拉法葉案已經沒有皮條了，一切只能看天，看法國，看尹清楓到底顯不顯靈了。反正，案子不破，賞金不給，場子頂頂，裡子不虧，拉法葉？我看大家就忘了吧。更不要說幻象採購了。

一億元？啊，沒人領，是獎金，誰領，那就可能變成撫恤金。

哇，我中了。我中了。我中樂透了。第二十期，二五、三七、三九，三碼，兩百。好爽。哇哈哈……。

注：國防部已悄悄取消這項檢舉獎金制度，「建請總統特赦提供線索的污點證人」規定也隨之同步廢止。

我是治療系媒體人

這種事情講破了也許好。我眞不是人。我怎麼這麼矛盾。這麼虛僞。雖然還沒到政客的水準。

選舉快到了，我裝勇敢，裝理性。就像有的歌星，被歸爲「治療系藝人」，聽歌治情傷。我咧，我每次都要求自己權充「治療系媒體人」。選舉高燒，正常人都瘋了，原來瘋的都進醫院了，但我總是表現得那麼的冷靜、無求，先是曲突徙薪，對各種亂象示警，選完了，又馬上擺出一副「誰當選都一樣」的沒事嘴臉，請大家「接受民主的結果」，要「趕快恢復正常生活」，「太陽還是會從東邊出來」。媽的，每回我自己都被自己感動到，你們一定也這樣覺得，對不對？想不想親我腳趾頭？

不要啦。你會後悔。不是不衛生，是我不配。我騙了你們。我不是像我自己講的那樣胸懷大度、熚熚若神，我其實禁不起挑逗。我是說政客的挑逗。我好像很就事論事，很有正義感的樣子，其實，我膽小得要死。我不是什麼改革者。我不可能當烈士。我非常小資產。我痛恨貪腐，四年前罵臭國民黨；可是，我又擔心身家性命，四年來只想趕民進黨下台。「我有病？」對啦。我越來越覺得，我爲什麼就不能努力成爲一個「基本教義派」，藍的，綠的，都好，反正很眞誠，但很蠢的，決定自己的政治立場，然後，不管黑的、白的，只要是跟我同派的，都是對的。

「我裝高級？」是呀。可是，你們不了解裝這種高級有痛苦。第一、做人，沒有朋友，誰都把你當門神；第二、要判斷是非，這很累，又很苦。兩面不是人。我常常公開質疑你們這些「基本教義派」，覺得台灣政治不進步，都是你們的責任，算準你們票沒地方跑，被政客吃得死死的。可是，其實，我很羨慕你們，眞的可以吃乎肥肥，裝乎頽頽，政客喊牽手，吼，百萬人牽手，政客喊捐血，吼，血庫馬上滿出來。我覺得，我其實是不是應該學你們，不裝高級了。就低級點嘛，低級就會有簡單的快樂，被賣了，照樣幫忙數鈔票。何必這麼范仲淹？先天下之憂，後天下之樂，我算什麼東西？台灣前途，關我屁事兒？

現在，大家知道了，我以前都是無病呻吟，但今天開始不是了。選舉太激烈了，反正大家都瘋了，我太正常，反而顯得太不正常，對不對？所以，我要開始瘋了，我要開始當基本教義派囉。我要站台囉。我要連署囉。我要開記者會囉。我要上街頭囉。我要開始融入這個社會囉。從今天起，你們要幹什麼我罵過的事兒，都要找我哦。我解放了。原來，低級、不進步、偏執、狂熱，是這麼人性，這麼快樂。現在，告訴我，今天我們要挺誰？

誰來解釋大法官的解釋？

早就說過咱們沒有「大法官」，只有「大法師」。「大法官」一聽就令人敬畏。「法官」都令人抬頭挺胸，板凳坐三分之一了，何況前頭還加個「大」？可是，大法官德高望重，養尊處優，目的不是當塊神主牌，擺著令人敬畏、膜拜而已。「大法官」是要釋憲、釋法的。台灣的民主、法制都剛起步，什麼事兒吵到後來，大家還肯回到一個「法理」上找答案，那已經夠讓人偷笑了，「大法官」就該行行好，想孔想縫，不只給個說法，還得給個做法，不要把政治性的釋憲，都想搞得刀切豆腐兩面光。

太像法師了。「大法官」簡直就像是「大法師」。解釋文，老是寫得像天書，沒比看乩童畫符好多少。拈花微笑，各自得道。乩童雖然唬爛，起碼，真看不出門道，還可以當面「請教」一下。大法官不是。大法官開完會，寫完解釋文、協同意見書，就不見彈了。記者會是交給司法院祕書長開。對這種鬼畫符式的解釋文，扯個「橫看成嶺側成峰」呼攏帶過。

大法官會議是合議制，反正，意見表達完，誰也不必個別負什麼特別責任，這眞爽，權力清楚，責任模糊，要罵誰都不知道。

政黨輪替之後，政治衝突多。這好不好？那要看你怎麼想啦。看政黨、政客這樣吵鬧不休，覺得煩，當然不好。可是，就像阿扁對「衝突理論」的信仰，「衝突——妥協——進步」，只要吵得出道理，吵得出結果，每次吵，都可以吵出一個可以傳諸後世的規矩，那是健康的吵。典型「大聲溝通」。可是，從釋字四一九號（副總統可否兼閣揆）、釋字五二〇號（行政部門可否片面決定核四停工），再到最近的釋字五五三號（台北市政府決定里長延選，是否違反「地方制度法」第八十三條「特殊事故」界定），每一個解釋都很重要，可是，每一個解釋都很模糊。解釋得很模糊，結果，一是看不懂；二是自以爲看懂。看不懂不必講，自以爲看懂的，通常也只是選擇性的懂，把解釋文再解釋到對自己最有利的方向。反正，怎麼拗都可以，也沒看大法官出來反駁過。

不要以爲解決了什麼。那些「非顯不相容」的解釋，只讓人懷疑，大法官不是不能解釋清楚，只是不敢解釋清楚。那不是法律判斷，那是政治判斷。大法官任期快滿了。要連任，要提名，要總統欽點，要國會背書，是不是這樣，才讓「政治想像」越來越大？

我發現，學法律、學醫、學會計的，白話文都很爛。寫出來的東西，非本科的人，就是別想輕易看懂。到底是眞的不好懂，還是刻意用專業語言當保護膜，不想讓人懂？你猜。我不想猜了。

錘哥！財經六法是什麼？

我知道人都喜歡「裝高尚」。就像大學女生喜歡等公車時手上揣本原文書。厚一點。最好八成新。如果要拿雜誌，如果不是《*Time*》、《*The Economist*》，起碼也要是《天下》。八卦雜誌的話，《時報周刊》勉強可以上手。不漏氣。其他的，那就算了。美容院、廁所，偷偷看就好。見不得場面。

我又有點不知所云，對不對？不對。我每次都嘛微言大義，哲理深沉。我要講的是一些被過度聖名化的字眼。譬如說：財經。對，財經。這是我的發現。我發現，很多人很怕被別人發現，其實，他根本不懂財經。狗屁都不懂。那怎麼辦？那他會很痛苦。爲什麼痛苦？因爲他以爲別人都懂。其實別人也很痛苦。爲什麼別人也很痛苦？因爲別人也以爲他懂。這種心態，構成一個其實大家都嘛不懂，但大家都裝懂的社會。

我記得王永慶這隻老狐狸的名言：「政治我不懂。但是，政治很重要。」頭一回聽，我就陷入「經營之神」的迷思裡。一直思索著「不懂」與「重要」是如何的關係。後來知道，那是他謙虛。「王老先生有個集團，咿呀咿呀喲」，哪裡是省油的燈。

可是，年紀大了，越來越散發成熟男人的智慧與魅力，認識的人也多了，我終於知道爲什麼王永慶是王永慶，而多數人只能把王永慶當神拜，永遠成不了王永慶的原因。因爲，這些人「不識字，又不衛生」還沒關係，麻煩的是，他不承認。他要裝懂、假博。他就講不出：「財經我不懂。但是，財經很重要。」這麼耐人尋味的話。結果，只要一聽到「財經」，就只會「本能」地表現出一幅肅然起敬的模樣，順便倒立、翻筋斗、用腳拍手。

這可讓那些爛政黨、「ㄟㄠ」政客有太多便宜佔。只要扛出「財經」，幾乎是望風披靡。像「拼經濟」。像「金融六法」。像「財經六法」。像三年來開過大概有一打之多的「全國××會議」。還有什麼「全球運籌中心」、「八一〇〇」、「六年國發計畫」，所有的口號，都是扣著「財經」來。爲什麼？因爲財經議題老百姓聽不懂，一進來，腦袋就迷路。可是，迷路的腦袋，就簡單相信：肯拚總是好的。肯講總是好的。至於好在哪裡？講不出來。然後，就像外行人看戲，只能跟著鑼鼓點兒叫「好」。好！大大的好！媽的，誰只要喊出跟「財經」有關的議題，一些「鍾哥」就跟著叫好。把一切質疑的聲音全關進言論的黑牢。

爲什麼「再怎麼野蠻」會成功？因爲不懂裝懂，一聽「財經」就鼓掌的「鍾哥」太多了。這些人不太有能力去質疑執政者到底承諾了什麼？兌現了什麼？這些人只知道「財經」很重要，卻沒有能力深問：到底財經出了什麼問題？只是縱容執政者一而再、再而三，搞爛財經，但繼續「以財經爲名」，爲所欲爲。

「財經六法」重不重要？「重要！」要不要開臨時會？「要！」不過會怎樣？「很慘！」然後民調結果總是一面倒。財經六法是哪六法？「……」你他X的！那你在喊個啥勁兒？

「錘哥！」對！不用看旁邊，就是你！眞是不忍心罵你！就是你們這些「ㄠ」梨仔裝蘋果，把「財經」當做「無知的避風港」，才會跑出「財經六法」這種鬼玩意兒。我問你：三年半了，這個搞外交回來要拚經濟；嫁完女兒要拚經濟；當了外公要拚經濟；一年三節都在拚經濟的傢伙，到底拚了啥米碗糕？他養的「勇哥」，卡贏你們這些「錘哥」。

五・五的勇氣

辯論的時候，阿扁說，今年（二〇〇四），經濟成長率要達到百分之五・五。你們不懂經濟指標的，一定是鴨子聽雷。我懂，我告訴你們，阿扁很帶種。我絕對、絕對、絕對支持阿扁達到這個目標，不然，你們又會說我唱衰阿扁。可是，重點是，阿扁要先當選。阿扁如果選不上，那到底有沒有五・五？就沒有辦法證明了。

不過，不只我佩服阿扁。很多經濟專家都佩服阿扁。有的，覺得阿扁「詛咒乎別人死」，有的，覺得阿扁「青瞑嘸畏槍」。反正，所有幹經濟預測的單位，不管公的、私的，挺扁的、反扁的，到現在，沒有一個超過五。主計處，夠權威吧？四・七四。經建會，夠挺扁吧？官員說，就算五年五千億擴大公共建設方案在半年順利執行，頂多只能使今年的經濟成長增加零點五到零點六個百分點，最好最好，大概就是五・三四。阿扁自己加到五・五，那是所有樂觀條件都實現之後，還要更樂觀。如果不佩服阿扁的樂觀，就只能佩服他的勇氣。唬爛的勇氣。

好吧，再來聽唐湘龍講古一下。民國七十四年經革會提出三化——自由化、國際化、制度化之後，官方就不太搞什麼長期經建計畫了。有的，都是行政院長個別提出的建設計畫，像六年國建啦、十二項建設啦、亞太營運中心啦、全球運籌中心啦、八一〇〇啦、五年五千億啦，這種東東，都是硬體導向，十九人亡政息。不過，以前，以前台灣搞過好幾個階段的五年經建計畫，分期，一期一期都有明確的經濟指標當目標。那個時候，大部分的指標，不只達成，通常都超過，而且超過很多。表示那時候的官僚其實比較保守。因為威權體制，寧可保守一點，比較不會出問題。

五·五，能不能摸到邊？其實，誰知道。國際、兩岸變數這麼多。不過，就算達到又怎樣？這算政績嗎？啊，如果阿扁只跟自己比，那算啦。起碼，是阿扁執政以來最好的成長率。不過，說真的，第一、就算是阿扁執政前一年，一九九九年，外有金融風暴，內有九二一大地震，台灣的經濟成率多少？五·四。那今年就算五·五，有啥好得意？何況，我講過好多次了，現在的平均國民所得還沒有回到阿扁執政前，怎麼算，選阿扁都虧。當然啦，阿扁，還有民進黨的大官們是感覺不到的，過去四年，他們的日子好得很。

五·五，阿扁是不是要說，我的表現比九九年的國民黨還要好，我不知道。不過，最近民進黨競選文宣裡的數字大部分都唬爛。大部分都避重就輕。唉，可憐，大部分民眾都想過好日子，可是，對這些財經數字，就像看沒有字幕的外語片，根本看不懂。被騙，被呼攏，也是沒辦法的事。

注：二〇〇四年台灣經濟成長率爲百分之五・九七，是七年前亞洲金融風暴襲捲東亞國家以來成長最高的一年。

預購國父

對不起。我知道談政治很煩。可是，我、我、我，我忍不住嘛。我有病嘛。我跟那些我在談的政治人物一樣有病。病得一樣重。神經病！可以吧？好啦，我告解過了，我可以談了嗎？

上禮拜談「阿扁愛說笑」。今天，我要繼續談阿扁。嗯，你們不要用有色的眼光看我喔。我會生氣喔。我會哭喔。我也不想談他呀，可是，他是總統呀。雖然他很芭辣。我走遍世界各地，不是像張國立、趙薇，邊玩邊吃，回來寫書還撈錢。一寫還好幾本。誠品都考慮設專櫃。這種一魚好幾吃的事我幹不來。我單純。我就只是遊歷。順便陶冶我不好的品格。好，重點是，我走遍世界各地，跟國父孫中山一樣，都是考察民情。了解政治。我看來看去，沒看到什麼國家在流行罵在野黨的。民主國家，沒有。那是常識。共產國家也沒有，因爲沒有在野黨。有也只是空殼。

好吧。講重點。上禮拜的「阿扁愛說笑」，好笑吧？他說寧可敗選，也絕不傷害民主、法治、國家。聽完，好多人「落屎」三天。不過，準備好喲，這不是最好笑的喲。那只是十一月政治笑話排行榜的第三名而已。現在揭曉第二名、第一名。報告阿扁先生，很抱歉，你沒有囊括前三名。你還有揹力的空間。目前高踞第二名的，是——噹噹噹——李登輝先生。啪啪啪。啦啦啦。歡呼。感謝。謝謝永不退流行，永遠跟執政黨站在一起的李先生。上周，搭上國父熱。一些馬屁跟班叫他「台灣國國父」，這不稀奇，也不是頭一回聽到。不過，李登輝的回應是：「時機還沒到。」漂亮。這就漂亮。哇哈哈哈……我正在吃泡麵，幾乎瘋了。我要是當場葛屁，一定有人懷疑那個麵有毒。誰會了解，其實，兇手是李登輝的那句：「時機還沒到。」這意思你懂吧？就是說，好啦，好啦，不要講那麼大聲啦，我A歹勢啦，我接受啦，只要台灣國成功了，我就當「台灣國國父」啦。好不好？

這是我讀歷史的記憶裡，第一個預購、內定的國父。第一個在有生之年就答應「願意當國父的人。而且，從來沒有流過血。只靠不斷地說謊，就「三朝三公」，幹完總統、精神領袖，連國父都準備接了。嘻，嘻嘻，嘻嘻嘻……

好，阿扁先生，不要因爲有人內定自己當「台灣國國父」而沮喪，第一名還是你。眞的，其他人眞不是東西，完全不是對手。第一名笑話就是：「我是中華民國第十一任總統，只要我當總統一天，就不允許任何人否認中華民國的存在。」哇，哇，哇，又落屎了，歸褲底喲。凍未條喲。太好笑喲。這種話，眞是靠勇氣喲。你前輩子一定是納爾遜。不然怎麼講得出口呢？這種昧著良心的話，要講出口，一定要在心裡彩排很久吧？很痛苦吧？一定要看稿吧？不管怎樣，唐湘龍服你啦。吳佩孚啦。吳佩孚啦。

喂，你有沒有注意到，否定中華民國的，除了中國共產黨，剩下的，都在你身邊。套句你女婿的話講：都是跟你同一國的。你同國的，否定你的國，你說不允許任何人否定這個國，這段話，你讀完會不會起笑？當然，我得提醒你，否定中華民國最有名的人，叫陳水扁。除非你不是陳水扁。或者陳水扁不是人。或者，其實有兩個陳水扁，或者陳水扁有雙重人格，不然，你得第一名，當之無愧。

你不要推辭了。你跟李登輝不一樣，你的時機完全到了。眞的，完全到了。

正名還搞不搞啦？

選完了。泛藍過半。我很高興。我是自以爲高級的媒體人。只要泛藍在野一天，我就挺它一天。我是泛藍軍。至少，到今天還是。

可是，我有「中年泛藍軍的煩惱」。我、我、我有時候有困惑，卻羞於啓齒。人家以爲我懂。其實我不懂。可是，我又沒辦法問。就繼續悶著。悶到死。或是悶到忘記。

我最近最羞於啓齒的事情就是：喂，有沒有人可以跟我講，阿扁的那個「台灣正名」到底還要不要搞呀？我是很認眞的呀。蔡煌瑯都說了，反對正名，就是不愛台灣。那以唐湘龍這種只剩嘴巴硬的沒原則東西，哪裡還敢不跟上。可是，阿扁每次都這樣，吹哨集合的時候，趕得要命，更糟的是，解散的時候，也不通知。他都不知撤退到哪兒去了，唐湘龍還在呆呆向前衝。泛綠的腳底抹油，跟著溜。溜以前也不會通知我。最後，唐湘龍老覺得自己被阿扁遺棄在前線。

「喂！……」「有人在家嗎？」「阿扁還在嗎？」「有掛號啦！」「我啦！」「掛什麼號？」「問號啦！」「你有病嗎？」「去死啦，你們家阿扁才有病啦！」「你再不叫阿扁講話，我要開罵了噢！」「台灣正名到底還要不要搞啦？」「$*&！」

阿扁，你每次都這樣。很煩哩。我爲了《中國時報》已經煩很久了你知道嗎？《時報》已經不養我了啦，可是，會表演哽咽的不是只有你哩。我這麼重感情，我想到也會哽咽哩。《中國時報》多麻煩你知道嗎？它要正名，也不能叫《台灣時報》，也不能叫《台灣日報》，這都有人用了。要叫《福爾摩沙時報》，又怕被簡稱《福報》，阿彌陀佛。本來想更絕一點，乾脆叫《愛台灣時報》、《愛台灣日報》，可是聽起來就像是要愛別人的報紙。好煩你知道嗎？要拍你馬屁都沒辦法。你根本就是找《中國時報》的麻煩。我想了很久，想到最後，哭得比張俊雄還難聽，我想，你個芭樂柳丁哩，我只好建議《中國時報》改叫《芭樂日報》、《柳丁日報》算了。或者，眞要比氣勢，乾脆叫《西瓜日報》，不是「西瓜偎大邊」，我的意思是，要比氣勢，起碼也要比「蘋果」大粒。

我告訴你，你不要躲了啦。選輸了又說要當全民總統。不兼黨主席。新中間路線。屁啦。你反正會說「人何寥落鬼何多」。鬼才信你哩。我跟你講，有麻煩的不是只有《中國時報》。或是一堆叫建中、念中、大中的人。還有一個更冤的，叫「中華職棒聯盟」。你是要怎樣？「中華職棒聯盟」跟「台灣大聯盟」搞了好幾年，搞到兩敗俱傷。球場拿來關蚊子。好不容易，搞定了，「中華職棒聯盟」付了一拖拉庫錢，合併了「台灣大聯盟」，媽的，結果，你現在搞正名，「中華職棒聯盟」是不是又要改成「台灣大聯盟」？那三年前中華職棒聯盟幹嘛要花這麼多錢？那時候合併還是行政院體委會搞的，那個錢，你們賠不賠啊？

阿扁你不可以這樣啦，選前說要新憲公投、台灣正名，說兩年內要完成，說美國人反對也要做。靠，你把美國人嚇傻了你知道嗎？赫魯雪夫死了。海珊被抓了。賓拉登不見彈了。美國人以爲，敢講這種話的，只剩卡斯楚。沒想到，你也是全身只剩嘴巴硬，一選輸，又是不敬禮解散，跑跟飛一樣。追都追不上。

到底還要不要正名啦？不要哽咽了啦，你演得沒有秦揚好啦。快講啦。你們家陳致中只要改一個字，媽的，我爸笨，我唐、湘、龍三個字都要改啦。

注：陳水扁總統在二〇〇五年八月提出中華民國四階段論：一九一二年中華民國在中國大陸成立；一九四九年「中華民國到台灣」；前總統李登輝時代，「中華民國在台灣」；二〇〇〇年政黨輪替後，「中華民國是台灣」。爲釐清確認國家認同、國家定位、台灣主權，所以稱爲中華民國（台灣）總統府。

臨時大總統

新聞局長林佳龍是我台大政治系的學弟。不只功課好，政治嗅覺一等一。如果說政治系畢業，要懂政治，要會玩政治，我認輸。我不配。我不行。

林佳龍幹局長，一搞中廣，二搞三台，三搞兩個女性副局長。我是說，把兩個女性副局長，一個叫洪瓊娟，一個叫李雪津，都搞走了。這種本事，說實在，我跑行政院、新聞局，光局長，我前後就經歷了胡志強、蘇起、李大維、趙怡、鍾琴，眞的，見識到了，沒人有這種本事。

新聞局管媒體，新聞圈裡，不管跑不跑這條線，對這個單位，總有點愛恨情仇。解嚴前，新聞局說不囂張是騙人的啦。那時候，不要說什麼尊不尊重媒體，不要說什麼置入性行銷，屁啦，每天當晚不直接打電話給媒體決定要什麼新聞，不要什麼新聞，甚至連頭條都幫你定好才下班，那當天大概算是禁屠日。新聞局指點起媒體，那可眞是屌到不行。可是，就算這樣，以前新聞局出過一、二個很鳥很鳥的副局長，那種鳥，不是GGY的那種鳥，不是作威作福那種鳥，就是鳥，是那種混吃等死，逢迎拍馬，媽的，想起來就吐血的那種萬年副局長。眞的，除非他慈悲，想退休，不然，你就只能當他是個植物人。

我不是公務員，說實在的，副局長好壞，對我一個幹記者的，也沒多大影響。可是，跑過幾個部會，眞的，我沒見過副局長這麼爛的。幾個局長，眞的，往死裡做。私底下，聽他們談起些不食人間煙火的副手，眞是搥心肝。可是，搥完，他還是副局長。反而，像以前的吳中立，像現在洪瓊娟這種副局長，好像就是難得善終。我覺得挺感慨。尤其，看著以前的局長，明明氣那些鳥人氣到想自捏卵蛋自殺，卻連動也動不了，現在，林佳龍一下幹掉兩個，我知道，時局眞是不一樣了。不管被幹掉的是誰，不管背後是不是一種「非我族類」的政治觀，反正，此一時，彼一時。

林佳龍動中廣，不論動機，我覺得，有它的正當性。中廣佔著茅坑不拉屎的情況很久了，很嚴重。不過，動中視，我就覺得有點賤。明明就是要給中視難看，可是，挑剔中視的每個政治理由，換個立場，台視、華視、民視更嚴重。新聞局把老三台一起拉進來，都給個臨時執照。虛虛實實，故示公正。可是，說實在的，蔡同榮辭了民視，民視就公正了？嘻嘻，有沒有發燒？還有，如果眞的是希望台視、華視走向公正、公共，擺個江霞，也沒聽你新聞局放個屁，要中視相信新聞局「一視同仁」？嘻嘻，嘻嘻嘻。

不過，看到新聞局發臨時執照，我很支持。其實，台灣臨時的東西還眞是多。現在的政府，就是個「臨時政府」，現在的總統，十足一個「臨時總統」。民國初年，孫中山幹過「臨時大總統」。憲法叫「臨時約法」。叫阿扁「臨時總統」，挺有革命氣氛的，挺有台灣國國父味道的。叫他僞總統他很氣，我猜，叫他臨時總統，他鐵定酥麻到骨子裡去了。不信哪？你下回試試。

我是「無奶人」

鄭村棋這個人很難搞。我覺得他不喜歡被分類，刻意要做「其他」。這種想當「其他」的心情，我倒是有幾分理解。這跟很多「中間選民」的心情有點像，就是不喜歡一種「不歸楊，即歸墨」的氣氛。搞點中年叛逆。

上周末他大概是參加了台灣民主學校的課。那課第一次開，我本來也有收到「入學申請書」，不過，時間不搭，我就沒去了。又成了旁觀者。連著兩個周末，我都有注意一下這學校上課的情況。你知道，像大學博覽會，搶學生搶得多兇，校長、老師，人海加錢海，都不一定招得滿學生。不過，一些政治學校，什麼「凱達格蘭學院」、「李登輝學校」、「台灣民主學校」，倒是絡繹於途、班班爆滿。這還不包括「三寶學院」。這也沒什麼稀奇。一時新鮮。順便串串人際。像以前國民黨的「革命實踐研究院」、「國防研究班」，一開始，也都是熱血青年，搞個兩三期，就開始拉幫結派搞功利了。我常好奇地想，有沒有哪個不要臉兼無聊的東西，正規學校念不出名堂，專門蒐集這些「政治文憑」？以後名片上說不定會有人印「三黨五校」畢業。

好，這不是重點。我要講的重點是鄭村棋。可能是天氣熱，不好上街頭，我覺得鄭村棋最近有點躁鬱。他有點阿吉桑碎碎念。在課堂上，跟許信良對了幾句。不過，他那天念到一件事，我覺得很有意思。他說，他很受不了國民黨裡那種大老文化，稱孤道寡的宮廷氣。他說，他一聽到國民黨裡對一些老同志動輒以「公」相稱，就很受不了。像以前台北市黨部主委詹春柏，大家稱他「春公」（春宮），眞好笑。

我好佩服鄭村棋。這件事，其實我放在心裡好久了。像吳伯雄，大家叫他「伯公」，劉泰英，大家叫他「泰公」。李煥，大家叫他「錫公」。下屬馬屁叫，記者跟者叫。有幾回，連叩應節目上都聽到。我聽了都覺得肉麻。早在念大學時，我跟同學就喜歡拿這種大老文化互相開玩笑。像姓吳的，叫「吳公」（蜈蚣），姓張的，叫「張郎」（蟑螂），姓唐的，叫「唐郎」（螳螂）、姓鄧的、姓李的、姓陶的，就叫凳子、李子、桃子。再老一點，有人叫我「湘公」，後來因爲我麻將不靈光，老是光打不補，只摸不丟，大家就改叫我「相公」。我就叫他們「娘子」，互相鬧賭。

鄭村棋可能沒注意到，這種文化，不見得只有國民黨有。時候到了，都會跑出來。像民進黨，叫吳乃仁，「乃公」。其實，如果照我們大學時的玩法，吳乃仁，不叫「吳公」，就該叫「乃子」（奶子。我有個以平胸聞名於世的女性朋友，私下都自稱是「無奶人」）。邱義仁，可以當「義公」（義工）。李應元，可以當萬「應公」。這種稱「公」文化，還很有性別差異。好像只有男性有此殊榮受封，女性，年紀再大，也不見有人封婆、封嬤的。這可能女人在年齡這檔事兒上寧死不屈有關。

這種稱公文化，其實，輕鬆起來，有點化冰的戲謔，認真起來，就很有點陳腐之氣。鄭村棋比較嚴肅，難免上火。不過，我會懷疑，鄭村棋其實也是很怕有一天有人叫他「村公」，反應才會這麼異於常人的激烈。

給你加十分

有一天，我跟林文義在錄影時遇到。聊了起來。

阿義仔是作家。作家就是寫文章、寫小說的人。阿義仔都寫，而且寫很多。比我多太多。他還摸到政治行當裡，也算是個政媒兩棲動物。以前，他是挺黨外，挺民進黨，是反對運動的文學奧援者。不過，現在呢？他還是黨外。還在奧援。雖然他過去的朋友，現在滿朝權貴。

我曾經強烈反國民黨。但我不敢說我曾經是黨外的。我覺得我純度不夠。但我身邊像阿義仔這樣的人眞不少。跟權力的關係老是黏不牢。他們爲了理念，強烈聲援整個民主運動崛起過程的一切對，甚至一切錯，目的只爲了讓台灣的威權結束，有個政黨輪替的開始。不過，當政黨輪替之後，卻對未來的政治有更深的不安、焦慮。他們多少都有點失落，看到一些跟上隊伍的媒體人、文學人，穿金帶銀，大紅特紅，我認識的一群「阿義仔們」，漸漸脫隊，繼續未完成的草根民主志業。有些人，還得承受一點「求官未遂」的小話大傷。

好，跟阿義仔聊，是從沈富雄聊起。這個沈富雄，雖然本業是醫生，卻可能造成台灣另一波自殺潮。爲什麼？因爲，他的書，那本什麼「不斷勃起的人生」，竟然首刷三萬本全賣完。再版。沈富雄也成了暢銷書作家。媽的，這太惡劣了。醫術不錯，政治搞好，節目上多，連書都大賣。這種人，不要說在民進黨，就算美國民主黨都會有人想打壓。你知道現在一本書要賣三萬本有多難嗎？一年上萬本新書，沒有幾本能有這行情。甚至，連一萬本的都不多。我寫過一本書，跟另一個朋友公孫策一起寫的，我不知道到底賣了幾本。反正，現在絕版了。如果各位眞的有興趣，我告訴你們，大部分的書，在我後車箱裡。我的自尊心很弱，不會自殺。但是，我的朋友們，像阿義仔、像公孫策什麼的，就難講了。我覺得，沈富雄對阿義仔的傷害，其實比民進黨還嚴重。眞的。不蓋你。

自從沈富雄成了暢銷書作家之後，我就不可能再公開給他好臉色了。不過，我還是要說，像沈富雄、阿義仔或是蘇盈貴這樣「結骨」的人，我私下還是很佩服的。這讓我想到《哈利波特》第一集，嘻嘻。

第一集裡，「葛來芬多」學院最後靠老校長鄧不利多給幾個主角加分，才贏了「史萊哲林」學院。其中，榮恩，棋下得好，加五十分。妙麗，魔法學有通，加五十分。哈利波特，勇敢，加六十分。兩院平分。鄧不利多這時，給「葛來芬多」加了關鍵的十分。這十分是加給誰呢？加給毫不起眼的呆呆小肥仔隆巴頓。隆巴頓就是反對哈利他們進密室的那個。你們可能根本不記得他。重點是鄧不利多加分的理由，他說：「反抗敵人，需要勇氣；反抗朋友，更是需要非常大的勇氣。」

這句話，是我看《哈利波特》記得最清楚的一段。就送給這些人孤，德不孤的朋友吧。雖然，一個書賣三萬本的人，就算孤，也不值得我同情他。哼哼。

阿扁是統派！

我知道，如果你是像唐湘龍這種泛政治泛到都氾濫成災的動物，最近一定都有點精神問題。

沒關係，不要緊張。第一、不是天氣關係，不是躁鬱症發作；第二、也不是腦袋裡長東西，出現幻覺；第三、雖然你一直邊看電視邊揉眼睛，但是，別擔心，也不是精神官能症；第四、也不是愚人節。愚人節還一個月。都不是啦。都是因爲「扁宋會」啦。笨蛋。

「扁宋會」一結束，就變這樣了。本來主演政治版《向左走，向右走》的阿扁跟老宋竟然見面了，還握手，還掛「眞誠」，還十點共識。其他人，有一半，傻了，講不出話；還一半呢？瘋了，又叫又罵。不過，本來罵阿扁的，現在都在罵老宋，本來罵老宋的，現在都在罵阿扁。歷史上，密室政治很多。可是，從來沒見過，密室打開，竟然沒有贏家。大家都臭頭。

不要問我啦。我精神狀態也有問題。本來分類分得好好的，誰是藍，誰是綠，誰是統，誰是獨，誰是騙子，誰是混混，都是一清二楚。現在，都亂套了。我問你們：「宋楚瑜是不是主張推動制憲正名？」「啊？不對。」「那為什麼獨派媒體都在歐樂宋楚瑜，歐樂到大舌頭？」我再問你們：「阿扁是統派，對不對？」「不對。」「那為什麼一些獨派大老把阿扁幹翻了，還一個一個請辭？」你們在騙我，對不對？你們想讓我以為我瘋了，對不對？哈哈哈……我才不會上你們當呢，宋楚瑜現是獨派，阿扁是統派，一定是這樣的。哈哈，哈哈哈……咳咳咳。

怎麼辦？我都不知道誰是誰。誰的立場是什麼。誰講了什麼。誰準備做什麼。誰跟誰是朋友。誰跟誰是敵人。誰愛台灣。誰在賣台。好啦，如果岳飛殺了秦檜，吳三桂反清復明，鄭成功回歸祖國，你說說看，你說說看嘛，這種戲怎麼演嘛？

我不懂。同樣是十點共識。白紙黑字，大家看到的都一樣。都是繁體字。可是，泛藍的都說「了無新意」、「相互取暖」。可是，泛綠都說是「喪權辱國」、「出賣台灣」。我心好亂。我一直讀那十點共識，我有根，可是，我沒有慧根。我讀到眼睛脫窗，除了覺得太嚕嗦，一點都讀不出什麼微言大意。了無新意？對呀。這些話，阿扁以前都講過啊。那以前講的時候，怎麼都沒有人出來罵哩？我覺得，我覺得，如果一個人講一樣的話，但聽的人反應不一樣，那就不是對文字、語言的理解問題，而是講話的人信用出了問題。大問題。

好啦。不要吃藥啦。你們都沒事啦。我也沒事啦。不過，宋楚瑜有事啦。台聯啦、阿輝伯啦，都說他是「鬼」。什麼「請鬼拆藥單」啦、「抓鬼反倒被鬼抓去」啦。我突然想到，阿扁暗罵趙少康「人何寥落鬼何多」，趙少康都告了，那宋楚瑜也可以告了。嗯，宋楚瑜告李登輝？嗯，有意思噢。

輪得到你阿扁來勸？

阿扁的中文像聖經密碼。你信，就開始準備末日。你不信，其實當場就可以訐譙出來。

上禮拜，當選無效官司宣判，國親敗訴。你瞧見整個泛綠陣營那得意勁兒沒有。剛好在美國總統大選揭曉第二天。乖乖，勸降的勸降，奚落的奚落，管你是有讀書、沒讀書的，一股腦兒都是叫連宋認輸。連宋不認，上訴，接著連「連宋之亂」都出來。記得三個月前當黨部有人喊出選舉主軸是「終結連宋」，從上到下還出來消毒否認。現在，「連宋之亂」有比較好嗎？嘻嘻，才怪。

歷史上，什麼什麼之亂，歷朝歷代都有。有的，是地方軍頭叛亂。有的，是農民起義造反。有的，是教眾藉神起事。有的，是異族入侵。太多太多。不過，仔細想，每個朝代的「××之亂」，都是在朝綱不振之時。簡單講，都是從自己亂起。人必自亂而後人亂之。第二個，平亂之後，通常沒有好日子。十九都是江河日下，日薄西山，等著改朝換代。

這些出來勸降的，都叫連宋學凱瑞。唉，說實在的，連宋說的也一點沒錯：「我要像凱瑞，你夠格當布希嗎？」懶叫比雞腿嘛。最簡單的，你有聽到布希、錢尼、鮑爾，還是哪個共和黨的混蛋，出來公開勸凱瑞認輸嗎？沒啦。光這點，就知道民進黨、共和黨差多少。靠兩個子彈、靠公投綁大選、靠國安機制，贏兩萬多票的人，出來叫對手認輸？到底是贏的不要臉，還是輸的不要臉？

不過，最噁心、離譜的，還是阿扁。難怪他當總統。他那句勸降名言：「我們寧可輸掉選舉，也不可輸掉國家，寧可輸掉選舉，也不可輸掉民主與法治的精神。」哈哈哈哈哈哈哈哈哈哈……咳咳咳咳咳咳咳……哎唷我的媽呀，說的眞是太勇敢了，太好笑了。你知道什麼是好的笑話？就是外國人聽了都叫好，本國人聽了會噴飯、噴淚、噴尿還脫肛的，就是好笑話。阿扁講的這段，就是典型的。「怎麼這麼會講笑話？」這絕不可能只靠天分。後天的努力絕對少不了。不然皮不可能這麼厚。

阿扁講這種「寧可」的政治造句，不知道多少次了。他講過「寧可沒有政府，不能沒有媒體」。他講過「寧可失去政權，也要改革到底」。他講過「寧可落選，也不願家人再受傷害」。這些，事後檢驗，一句比一句肉麻。不過，都沒有前面這一句嚴重。拜託，選舉時，是誰在爲了勝選，不擇手段？是誰在割喉？誰在撕裂？誰在挑逗？誰還講了「寧可落選，公投一定要過」？這些，哪一句不是你阿扁講的？連李登輝、呂秀蓮都講過阿扁「只會選舉，不會治國」，那阿扁還客氣什麼呢？贏得這麼低級，還要回頭曉諭對手什麼叫「國家、民主、法治」，眞是得了便宜還乖。贏得低級，贏了之後，竟然更低級。那就眞是低級透了。連宋是輸給你阿扁，但怎樣也輪不到你出來叫連宋認輸吧？阿扁還講過一個更低級的笑話，也是幾天前，他說他「這條命是撿到的」，要獻給國家。哇哈哈哈……說得好哇，好笑哇。總統才是撿到的啦，命不是啦。啊，那兩顆子彈不是要你命的啦。賣擱騙啦！

民進黨說要終結「連宋之亂」，我倒覺得現在比較像是「扁李亂華」。時間如果夠長，誰蓋誰的棺，還不知道啦。

中槍幹嘛哭？

短短兩三天，兩個民進黨委員出事，讓我很痛心。像李鎮楠，他的服務處又被開槍了。他服務處有被開槍的慣性。選舉到，子彈就到。這次，他的助理腿部中彈，還好，沒有大礙。李鎮楠很勇敢。他喊話，叫歹徒有種就衝著他來。好man噢。愛死他了。嘖嘖嘖。還一個，是賴清德。說是在門口勸人家不要逆向行駛，結果，就被順勢打成重傷，眼角膜都破裂了。賴清德我認識一咪咪。我覺得他很帥。很斯文。學醫的。而且，聽說不煙、不酒、不賭。之前，他跟我的偶像朱星羽在立法院推打，我就注意他了。沒想到，也是這麼man的人。被打成這樣，我心都碎了。

他們兩個都不是高知名度的委員。當然，打完就高了。不過，我要講的重點是，他們都應該退出民進黨了。李鎮楠是太可疑。賴清德是太委屈。

先講李鎭楠。李鎭楠的慣性槍擊，讓我很不安。如果不是自導自演，我擔心早晚會變成眞的。那就很不好了。而且，屢次被槍擊，都沒事，這次，也是助理小腿中彈。當然啦，像阿扁講的：「算我運氣好，嘸你嘜安哪？」可是，這種傷，選舉史上看太多了，「三一九」的笑聲都還沒停，又來了。地方上，人家不會信的。不信，就更傷。李鎭楠可能助理挨槍，結果還傷到選情。我想，李委員一定很傷腦筋。

李鎭楠的處置有很多疑點。疑點一、助理槍傷，從頭到尾，沒有抹「小護士」。這已經完全違反了槍傷處理準則。台灣人，隨時會中槍。現在人人都知道要用小護士。李鎭楠竟然沒有。疑點二、李鎭楠表情不對。阿扁肚皮中彈，邱義仁在記者會上微笑。私下，民進黨十個有九個更是笑歪了，只差沒喊「好，打得好」。助理小腿中彈，李鎭楠竟然哽噎。這會讓人家懷疑，李委員對助理中彈，比對阿扁中彈更在乎。當然啦，有可能，李委員知道，阿扁那槍是假的，助理這槍可是眞的。三、李委員說，這槍可能是選舉恩怨。他懷疑是泛藍幹的。他一說完，泛藍的果然都大聲喊「幹」。這是常識好嗎？議會選舉，大選區制。尤其是桃園，全縣一區。十三席的混戰。都嘛是泛藍打泛藍，泛綠打泛綠，自己殺自己。除非是捉對作秀，不然，誰會有這種腦袋壞掉的懷疑呢？是吧。

李委員，請注意：中彈的是你助理的腳。不是你的頭。

好。再談賴清德。噢，秀秀。嘸甘嘸甘（捨不得）。希望傷勢沒有太嚴重才好。台南這種治安這麼壞的地方，不要說「三一九」啦，連張錫銘都躲回台南，賴委員怎麼這麼沒有警覺，還敢管這種閒事。賴委員平常可能都不看報。這種急功好義、多管閒事的好習慣，早就過時了。不過，我提醒賴委員，受這麼重的傷，怎麼會送去「成大醫院」呢？不是應該送「奇美醫院」才對嗎？太離譜了。我要是賴清德，我就退出民進黨。當然啦，也有可能是：眞傷送成大，假傷送奇美。

賴委員，祝你早日康復。我愛你。可是，請趕快把這些疑點弄清楚，這樣，以後台南人才知道受傷該怎麼處理。謝謝。謝謝兩位委員。

我喜歡李傑

我喜歡李傑。眞心喜歡。我如果不說眞心喜歡，每個人都會覺得我話中有話。我說我眞心喜歡，是不是還是話中有話？那讓你們自己去判斷。我眞是受不了你們那種用放大鏡看我每一個字的樣子。我眞的受不了。你們檢驗我，比檢驗阿扁還嚴格。謝謝。

李傑是國防部長。我一直以爲外交、國防就是國家機密。可是，李傑講話很白。你一聽就懂。一懂就笑。笑完，你大概也會天邊一朵雲，頭上滿天星：怎麼有部長這麼會脫口秀？李傑的幽默是天生的。他如果不是幽默，那他講話的內容就很可怕。

李傑在立法院詢答，說要求國軍撐兩周，是美軍顧問在漢光演習時候提出來。到這個時候，我才了解，原來撐兩個禮拜是美國人要求的。我覺得美國佬傻。眞傻。就是不懂中國人「取乎上，得乎中」的那套生活哲學。你如果心眼、屁眼、肚臍眼裡希望小孩子考試考六十分，那你嘴巴上一定得要求八十分。如果希望八十分，那非得要求一百分。這不是詐。這是人性。美國人如果眞是希望撐兩個星期，那就起碼得要求一個月。不然，我估計國軍可能只能撐一星期。等美軍趕來，剛好慶祝「中國統一」。

眞的。我做過兵。我懂兵。你不要相信李傑。你相信我一次。

李傑還講過一句很有名的話，這句話，讓我懷疑他是解放軍在台最高階臥底。他說，如果中共犯台，能去美國的，就趕快走吧，他會戰到最後一兵一卒。很多人乍聽之下，都以爲碰到岳飛、文天祥、史可法之後最偉大的民族英雄，當場就想拜。可是，我覺得不對。我不相信。我爸是老兵。你如果連一次都不信我，你可以信我爸一次。第一、一將功成萬古枯，李傑是將。眞不怕死，他應該說「戰到最後一將」，或是「戰到最後一部長」。第二、更可怕。如果以三十萬國軍計算，兩個禮拜就到最後一兵一卒，那一天會死兩萬多。眞這樣，對不起，我建議，不要撐兩個禮拜，打一天看看，不行就算了。

我從來沒有想移民。可是，聽了李傑的話，我念頭超強的。不知道爲什麼，江澤民、胡錦濤、遲浩田講話，我都不懂得怕。連什麼反分裂國家法，我都不怕。可是，李傑一講話，我就胃痛，馬上上網參加移民樂透。每次阿扁說有人在「恫嚇台灣人民」，以前我都想到李鵬，現在我都想到李傑。

李傑之前說，只要三項軍購過關，可以保台灣三十年的平安。他現在說，他不講了，反正講了也沒人信。他講完，我就更喜歡他了。拜託，一個政治人物如果講話沒人信，他就不講，這是多珍貴的美德。其他的政治人物，都是不信講到讓你信。反正，我是眞心喜歡李傑。李傑是個讓我越來越喜歡他，卻對台灣越來越沒信心的國防部長。不過，我不移民。我抽不到。而且，我也很想留下來看李傑戰到最後一兵一卒之後，會怎樣。

我的政治告解文

我挺在野黨。信不信隨你。

你說唐湘龍是藍底的。還有獨派媒體說唐湘龍「黨性堅強」。謝謝。我自首。當兵前，爲了想混個政戰官，大四入了黨。現實極了。不過，沒鳥用。不夠紅。不夠專。預官考再好，還是步科排長，還下野戰。

後面還有一件事兒更好笑。我不是政戰。可是，我在陸總部一路考選，最後半年，竟然幹上了「三民主義巡迴教官」。「三巡官」就是「超級特種官科」了。涼死了。靠一張嘴，一輛吉普，一員駕駛，一個禮拜四堂部隊演講，其他自動放假。可是，我又出了包。我在演講時，公然主張「軍隊應該國家化」、「人民有主張台獨的自由」。現在聽，常識嘛，對不？可是，那是民國七十七年解嚴前後的事兒。我被總政戰部調查。我被停止宣講權利。當時的上將執行官，是後來幹過退輔會主委的楊亭雲。他還約見我。上將約見少尉，嚇死我了。他說「眞看不出來你這樣一個小外省子弟的思想有這麼大的問題」。據說，我是「三巡官」幾十年來，唯一被停止宣教的。當時，大家還爲我慶幸說，再早幾年，人都不見了。

我很蠢。對不？我比一些在外頭搞運動，下部隊照表操課的學長學弟蠢多了。不過，也好，之後，對這種無孔不入的政治忠誠考核反感得要死，軍隊國家化？屁。我發誓一定要看到這樣一個政黨垮台。那時，蔣經國剛過世。郝柏村還沒幹院長。軍人這行當，還威風很很。

以前我連票都不投。生平投過兩回票。一回，大學時，投給選台北縣長的尤清。那時超迷他的。還去當義工。幹記者，跑黨政後，自詡不投票。維持反對者的形式中立。但這回，我破戒。我投給連宋。我沒投公投。我的投票傾向很藍軍，對不對？不過，不知道爲什麼，投完之後，雖然連宋沒當選，可是，我整個人神清氣爽。我又暗暗下了誓，一定要幹到民進黨垮台。這個黨，比國民黨還爛。每次聽到、看到，這個黨從上到下，一狗票人五人六，以民主、台獨、本土之名自我加持，建立「政治上的種姓制度」，一見那嘴臉就賭爛。

對這場選舉的公平性我不爽。這我絕對承認。一個民主國家的政黨、領導人如果可以爲求勝選，不擇手段到這種地步，那已經沒有什麼政治標準好要求。我也懶得去參與什麼聯盟、運動，一是不想害人家因爲我被貼標籤。再者，反政府是媒體人終身的政治志業。此時之友，彼時之敵，勾串久了，私情、公義都攪不清。

「五二〇」阿扁就職。恭喜。但他不是我的總統。四年前，對政黨輪替，多麼期待。今年，沒有。再信阿扁，不如詛咒自己下輩子當豬。如果阿扁不覺得那是他的問題，我想，那更不是其他任何人的問題。

「無聊」是天賦人權

我其實很替《中國時報》擔心。雖然簡稱叫《時報》。但是，多數人沒有忘記，它的本名叫「中國」。早晚，那些「無意義台灣正名運動」的小鼻小眼小屁股，會來找麻煩。

「五一一台灣正名運動聯盟」選「五一一」，跟「九一一」沒有關係。「五一一」是成立那年，三年前的母親節。「台灣是十咱A母親」，所以，挑母親節造勢。這也不怪。有本書，很有意思，叫《未斷奶的民族》。講的不是台灣人。是講中國人。只是好巧，台灣人就還保有中國人的習性，你說奇怪不奇怪?

這本書舉了千百個例子，詩歌、民俗、戲劇，都是在說一件事，說中國人，尤其是漢人，一種凡事喜歡在母子關係裡找類比的心態非常奇怪。終其一生，甚至整個民族，心態上都沒斷過奶。孝順是傳統價值，對，不過，這跟依賴是兩回事兒。中國人在思索人生這檔嚴肅的事情上頭，凡事離不開對母親的想像。獨立性很差很差，想像力很弱很弱。我知道，「五一一」的成員當然絕對都是純種台灣人，沒有一咪咪的可能是中國人。我只是說，怎麼這麼巧。這麼純種的台灣人，比我這條「Made in Taiwan」的中國豬，還中國。而且，一個搞獨立的團體，心態上竟然這麼不獨立，把獨立這檔象徵自己長大成人的事兒，寄託在這麼母親化土地，這麼嬰兒化自己的想像上，有點廉價。

好。回頭講「五一一」。選舉快到了。總有些覺得自己有絕對權力定義誰愛台灣、如何才是愛台灣的人，出來用「愛台灣」造個勢。最近，從扁哥、蓮妹、堃弟，都在玩國號遊戲。「五一一」當然不落人後。終於，找上了中油。中國石油。要中油，國營事業，要正名。不要再用「中國」。我是不知道中油內部的反應怎樣，我猜，以現在的政治氣氛，大大小小十九「挫哩蛋」（邊發抖邊等結果）。其實，哪裡只是中油？光國營事業裡，還有中國鋼鐵、中國造船。再扯，還有個「中國童子軍」，阿扁還是總會長。當然，再扯，就會扯到像《中國時報》這種民營，可是有影響力的大報。或是「中國信託」。更糟。英文還叫「Chinatrust」。嘻嘻。像《時報周刊》就聰明了。沒事兒。一開始取名兒就有遠見。

無不無聊？真無聊。可是，有人就這麼無聊，你能怎麼辦？「無聊」是天賦人權。沒辦法。可是，我有點好奇，像「五一一」這種把「唯名論」當宗教的團體，難道不覺得「五一一」諧音「無意義」，聽起來很沒力，在年輕人裡頭很不賣嗎？「無意義台灣正名運動」是不是該先正名一下？正不正沒關係啦，我只是好意提醒一下。而且，「五一一」容易讓人家想到跟「九一一」有沒有什麼關係。災難？不好。這不是「五一一」的本意。雖然，這災難，搞不好比「九一一」還嚴重。

美國人會不會到處逼人家把英格蘭改掉？會不會，有一天，他們想到了，覺得東北部各州還叫「新英格蘭」，越聽越刺耳，改叫「新美利堅」什麼的。「不會吧？」「不會也這麼無聊吧？」嗯，很難講。「無聊」是天賦人權。人權，是普世價值。逼人家改名，不改就不愛台灣，不愛美國，是普世價值。這邏輯你懂嗎？「懂。」好厲害呀，我自己講，自己都不懂。

巧合到不行！

嗯，坦白說，我錢賺得不多。一咪咪。可是，我很勇敢。重點是：我都有繳稅。繳得不多，不少，反正乖乖繳。

嗯，不要擔心我的財務問題。更苦十倍的日子我都有過過。當然，如果各位有慈善捐款，請直接寄到《時報周刊》，我會在專欄裡寫上十方大德的名號。謝謝。記得，即期支票抬頭。

嗯，這些不是重點。眞的不是重點。我要講的重點是，我覺得，身爲一個納稅的好國民，我有權利、要求、一份、更精采的、三一九槍擊案的、「眞相」、報告。我的重點不是「眞相」。我不知道什麼是「眞相」。我的重點是「精采」。好笑沒關係。可是，要精采。要讓笑的人，笑出眼淚，可是，還是忍不住讚歎：「太精采了！編得太精采了！」像周星馳電影。譬如說：《功夫》。反正鬼扯，唬爛，無厘頭，可是，大賣。

《紐約時報》說這是「dime store novels」的情節。阿扁英文不好，我比他好一點，我有幫他查字典。這三個英文字翻譯就是「廉價言情小說」。這大家都知道了。但什麼是「廉價言情小說」？字典上說，就是：「情節很煽情，但是毫無文學價値」。這種小說的典型特徵，就是縱容「一連串的巧合」。對巧合到比中樂透機率還小的巧合，像是被隕石打到，它也不給解釋。就說是巧合。我告訴你，我很早就了解了。任何人只要是「巧合」的受害者，那你會痛到叫不出來。

你不能否認巧合。你不能爭辯巧合。巧合就是邏輯上有可能。不管可能性多小，只要有人堅持那是巧合，你只得努力去舉證，說所謂巧合，其實是人在搞鬼。譬如說：大地震爲什麼都發生在晚上？寒流爲什麼都是周末來？是不是巧合？那中油、台塑在同一天下午五點一起調漲汽油價格一塊錢，是不是巧合？有的巧合，是「合理的懷疑」。有的巧合，是「想像力太豐富」。至於到底是想像太多？還是懷疑太少？那就看你腦袋正不正常。沒辦法，有些人就是敢說三一九是一連串的巧合。也縱容一連串的巧合。還準備用巧合結案。所以，說「三一九」是「廉價小說情節」，一點都沒錯。你不信，你氣，也沒用。

柯林頓在傳記裡有一句話，大概是全書最誠實的一句話。他說：「司法調查的『主場優勢』非常重要。」所謂主場優勢，就是你的人，照你的規則去調查。你有優先發球權。場邊都是你的啦啦隊。裁判是你挑的。你贏面就是大。起碼，你不容易吃暗虧。這年頭，不架拐子，不帶小扁鑽，不吃暗虧，不容易。

好啦，我要講的，只是說，當刑事偵辦要訴諸巧合的時候，就是要各說各話，讓陰謀論到處飛，信者恆信，不信者恆不信的時候。不過，如果「縱容一連串的巧合」可以宣布瀕臨破案，那，怎麼還會有懸案呢？尹清楓、劉邦友、陳文成、林義雄家，甚至甘迺迪，都可以破了。反正，共同點就是：都是死人幹的。如果死人都可以投票，死人爲什麼不可以開槍呢？

注：三一九槍擊案在欠缺兇槍等重要證物，涉嫌重大的男子陳義雄也已自殺身亡的情況下，於二〇〇五年八月十七日宣布正式結案。

誰會先被抓

我開始擔心張榮味了。阿味仔。以前我就超崇拜。不過，民與官鬥，贏面不高。尤其，現在的官，比角頭還沒品。

阿味仔在雲林，是傳奇，九命貓，不死鳥。黑底出身的，可是，人面闊，關係好，官民、朝野、黑白，都買帳。這種人物，少見。幾年前，國民黨籍的雲林縣長蘇文雄掛在任上，補選。那次補選，很像之前花蓮縣長補選，被當成是總統大選的前哨戰。國民黨、民進黨精銳盡出。阿味仔也選。阿味仔沒什麼宣傳車，也沒什麼廣告，連勢都不太造。反正，朝野都抹黑他。那眞的是「抹黑」。這點，阿味仔也很難辯。民調出來，阿味仔都是墊底。不過，大家都等著看好戲。

那時候，我還在跑中央黨政線新聞。但我是好奇寶寶。投票前兩天，我就南下雲林，聞空氣。朝野精銳盡出，馬英九、陳水扁都到。陣頭一場接一場。我只看到一次張榮味的宣傳車。那是一輛三輪板車，上頭一張號次板，一個擴音器，超克難。晚上九點多吧，庄腳大家早睡，已經很安靜了。那輛「宣傳車」悠悠傳來如泣如訴的聲音，因爲聽不清楚，我依稀記得是阿味仔女兒在替他爸喊冤。那聲音，要是農曆七月聽到，躲在被子裡都會覺得冷。投票那天早上我回台北，報社問我：「誰會贏？」我寫篇分析，說阿味仔「一人配兩黨」，阿味仔大勝。那時票都還沒開。晚上票開出來，阿味仔果然大贏。我很得意自己的判斷。也見識到地方人物「一人對眾人」的魅力。阿味仔經此一戰，幾成「雲林虎」。喊水會結凍。

阿味仔這回捲進地方工程弊案，人逃，屋搜，人生落魄又一回。檢察官死咬不放，阿味仔否認到底，大家都說這是「秋後算帳」，修理阿味仔選前情義挺連宋。這跟顏清標很像。不過，我在想，這樣也好，還了阿味仔清白。「爲什麼？」因爲雲林雖然是泛藍執政，但是，總統大選卻輸了八萬多。選完，不少泛藍人物還懷疑阿味仔講一套，做一套，藍皮綠骨。現在看來，連保險箱都被吊走了，阿味仔的情義顯然沒有摻水。還是我認識的那個阿味仔。

阿味仔那個保險箱被吊走，大家都是一臉狐疑，不知道裡頭是什麼。如果有帳有冊，那阿味仔大概就掛了。如果沒有？阿味仔幹嘛跑給警察追呢？對不對？大家又等著看戲。結果，謎底揭曉，又是檢方情報不實、小題大做下的司法烏龍。只不過，我覺得阿味仔不懂得玩。要是我，我就在裡頭先擺三張紙條，一張寫「銘謝惠顧」，一張寫「此地無銀三百兩」，再一張寫「司法死於此」。然後，再留一坨狗大便。

好，現在阿味仔不出來，可能被通緝。阿味仔當跑路縣長，神出鬼沒，誰都抓不準。講了半天，好像我跟阿味仔多好，其實，不認識。我只是想玩個猜謎。第一題：猜猜看，以我們偉大的政府、內政部、警政署，以下三個人，哪一個最有可能先被抓到：一、張榮味；二、張錫銘；三、無名氏（三一九槍擊案的兇手）？第二題：以上三人，誰最不可能被抓到？阿扁、蘇嘉全、侯友宜，你說說看，你說說看嘛。嘻嘻嘻。第一題不好猜，第二題太好猜，對不對？親一下。嘖嘖嘖。

注：張榮味於二〇〇四年十二月十日立委選舉前一天遭檢警逮捕；張錫銘於二〇〇五年七月十三日中槍落網；三一九槍擊案主嫌陳義雄於二〇〇四年三月二十九日溺斃安平漁港，二〇〇五年八月十七日宣布正式結案，獲不起訴處分。

「正好」真正好

爲官之道，要學會冤枉自己。

要在長官把責任推到自己身上時，噙著淚，勇敢承認，對，是我的疏失，造成單位形象、長官威信受損。至於到底是怎麼是怎麼一回事兒？你別問。當長官的代罪羊，委屈不了你多久。記得：冤枉自己，代長官受怨受謗，就是輸誠。你會紅。當然，聽起來很怪。越來越多的事務官在負政治責任。這點，政治學沒辦法解釋。這是政治。

這樣講太模糊。舉個例子來講。像是羅太太、姚太太的事。都是公器私用。羅太太公車私用。姚太太更厲害，公船私用。追究個半天，結果，羅太太有事嗎？沒有。姚太太有事嗎？沒有。說起來，都是媒體的錯。惡意炒作。刻意爆料。壓力再大一點，就有人負責了。負責人，都是基層事務人員，看一頭大汗、聲音帶抖的陳志旺，看打包速度比海巡警艇還快的東巡部官員。以前，文官是行政中立，終身保障。可是，現在的事務官，要負政治責任。政務官反而幹成了終身職。政務官的醜，都要事務官來遮。事務官，成了政務官的遮羞布。

姚太太是誰？笨，就是周委員。就是周清玉啦。她跟姚先生，就是考試院長姚嘉文，一起搭海巡署的巡艇，體驗海巡人員的辛勞。一體驗，就體驗到了綠島。海巡艇，成了交通船。姚太太說，姚嘉文「正好」是我先生。其實，每次特權、濫權事件一發生，幾乎都是一連串比樂透中彩機率還低的「正好」造成的。姚嘉文「正好」是周清玉的先生。周清玉「正好」是立法委員。年底「正好」要選立委。周清玉「正好」要連任。油價貴死人，海巡署「正好」還在辦海巡體驗營。船上「正好」是她的班底、樁腳。當然，雖然海巡署在前一天已經停辦，但東巡部「正好」不知道。於是，不知者不罪。說實在的，要不是「正好」被媒體拍到，誰會知道？

姚太太解釋半天，其實，沒說到重點。海巡體驗營都是沿海小繞一圈，回到原點。以前有「台東—綠島」船線嗎？「姚太太連任團」本來沒有買船票，要不是「正好」被媒體爆料，回程是不是也等海巡艇去接？一連體驗兩次，會不會太深刻了。還有，姚先生不只「正好」是周清玉的先生。姚先生「正好」是考試院長。考試院「正好」管文官考銓，就是文官品管、福利的守門人，對這種濫用公器的警覺這麼弱，眞是太不好了。

哦，還有，許惠祐。海巡署署長。我想問一下：張錫銘是七月二十五日跑掉的。八月五日才說要停止海巡體驗營。反應，會不會太遲鈍了一點？

好啦，別難過。我要講的重點是：如果你「正好」成了長官一連串「正好」都還遮不住的替罪羊，那，恭喜你。天上掛下來的好機會。有沒有看到幫扁嫂申報財產報出一缸子毛病的會計師？他犯了專業上的大錯，卻做了政治上的大對。他現在是僑銀董事長。恭喜你。忍著。等著。

不如叫「地球防衛軍」吧！

湯曜明說要把「國軍」改名叫「國防軍」。

剛聽到，沒有人不傻眼的。不過，民進黨搞「正名」搞太瘋了，免不了會追問一句「國防軍」是什麼意思？湯曜明也沒講清楚。當然，也可能他自己根本就不清楚。

好。馬上就有人舉出世界各國的例子，反正，好的就扯美國，不好的，還可以扯希特勒。說希特勒時代的德國如何，之後又如何。每次聽到這種鳥話就覺得煩。我眞的很想對這些做小學問的吐個嘈：媽的，你們煩不煩哪？我管你英美日法俄德奧義八國聯軍、九國待查，眞是什麼普世價值，引經據典，扯扯也算了。我管其他國家的軍隊要叫什麼軍。我只想知道，不改又怎樣？改了又怎樣？軍人會因爲這樣就知道「爲誰而戰？爲何而戰？」老是用「改變」騙老百姓是「改革」，實質問題沒皮條，老在名號上頭做文章。

翻開文獻，國軍也不是什麼正式稱呼。陸軍叫中國陸軍，海軍叫中國海軍，空軍叫中國空軍。阿扁想改「中國」，雖然是意識型態問題，還勉強可以理解，鄭重其事說要改「國軍」成「國防軍」，就眞的是文字遊戲了。

好，有人說，「國軍」會讓人想到「國民革命軍」。會讓人想到「國民黨軍」。覺得國軍就是這樣歷史背景留下來的簡稱。可是，如果照媒體或是一般口語的習慣，「國防軍」用個兩三天，難保不會又被簡稱「國軍」。誰管你那是什麼簡稱。「國軍」就是「中華民國的軍隊」。如果眞的帶種，就直接叫「台澎金馬聯軍」、「二十三縣市共和衛隊」、「台軍」。如果不帶種，又要玩點兒民進黨式的小模糊，那不如學「非肥皀」、「非米酒」，叫「非國軍」。反正也沒幾個人搞得清楚，現在的「國」，到底是那個「國」。

如果實在沒什麼特別的概念，只是不想叫「國軍」。那可以更有氣魄點，更膨風點，更卡通點。爲什麼不取名叫「亞太和平維持部隊」？或者「地球防衛軍」？或者幹脆叫「宇宙兵團」？阿兵哥說不定還覺得炫。

眞的好扯。萬事莫如改名急。不思考本質面的問題，一衰就改名。再衰再改名。改到突然不衰了，照樣相信一切都是因爲改對了。眞是愚民到極點。唉，說句眞格兒的，還不如開放登記，認同泛藍的，叫「藍軍」，認同泛綠的，叫「綠軍」。跟新聞用語也接近，省得大家花腦筋。

好難的考試

好啦。選完了。可以聊點別的事兒了吧？

我的關懷層面很廣，天文地理，大象螞蟻，都算。當然，還有人。人權。大概半個月前，我又注意到一件明顯違反人權的事情。是關於外籍新娘的。

我在報紙上看到一條新聞，很小。是說台北縣政府辦國中國小同等學歷檢定考試。對大部分來講，可能覺得不重要，可是，對有些人來說，這可是人生大事。聽說八十多個人考，裡頭還有不少外籍新娘。你看，他們多好學？多愛台灣？讀中文書，還考試。人家在母國搞不好都已經有大學學歷了。

好，檢定考試考些什麼呢？大概都不會是些太難的東西。不過，有外籍新娘考出來說，有一題，有一題她不會。那題題目是：「台灣是總統作主？還是人民作主？」剛開始，我大笑，連這個都不會，還考什麼考。可是，我的笑聲慢慢小了，停了，還好旁邊沒人，沒事。我把題目再看，再想，我慢慢開始同情起那些考生，還有外籍新娘，媽的，誰出的題目哇，怎麼這麼難？這種題目，不要說唐湘龍這種政治系的本科學生不會，我去問老師，我就不信哪個老師敢說他知道。

你，你知道嗎？少蓋啦。

最近幾年，大學學科考試越來越簡單（因為教改）。可是，國家考試越來越難（因為政改）。如果你只會國語。你要小心他考台語。如果你會台語，那還得防著他考日語。你客家人抗議，他不理你。你說他福佬沙豬，他不承認。本土厚度不夠，再考就那些，賴和是誰？幾乎每次必考。萬年考古題。如果你質疑考試委員偏狹、沒水準，那你一定不愛台灣。「愛台灣」像以前的雲南白藥，跌打損傷，內外萬應，根本是所有政治毛病的第一，也是唯一的答案。好，反正是本國人，原住民火大、客家人賭爛，那是自個兒的事，可是，外籍新娘也要這麼泛政治？人家嫁來台灣再苦，也沒這種事兒苦吧？

新總統選出來了。我也想問問新總統，台灣是誰作主？制度叫「民主」，人民叫「頭家」，可是，眞的是百姓作主嗎？那過去四年怎麼會搞成這樣？民意支持，大幹；民意不支持，硬幹。如果說是總統作主，那為什麼總統官邸門庭若市，出了事兒，總統還得出來幫夫人道歉？搞什麼嘛。

好啦，接下去，就是國會選舉。國會選完，就是修憲。也好。修吧。雖然怕怕，可是，總是要挨這麼一下，那就拜託，把制度關係修清楚，修到大家要看，看得懂，要做，有規矩。最少，以後再有考試考：「台灣是總統作主？人民作主？」外籍新娘，還有我，都不至於答不出來。

我是哪一家的？關你屁事兒

那天看到李桑生那麼大的氣，我心情也很壞。

記者問李桑：「請問檢察官什麼時候要約談你？」李桑臉一沉，走出封鎖線，對著鏡頭，伸出指頭，問：「你是哪一家的？你是檢察官是不是啊？你那A賽鴨呢問？」記者一片沉默，被嚇傻了。

看到那一幕，我眞是火。我其實是火李桑。李桑用這種威權氣概，老大郎教示囝仔事小的口吻罵罵小記者的場面，見多了。說實在的，李桑也是柿子挑軟的吃，算不得什麼好漢。如果眞的碰到資歷老一點，陣仗見多的記者，有本事再來一次，讓SNG轉播一下前總統跟記者公幹的實況，倒也算是一堂政媒關係、民主政治的實戰課。不必讓老先生越來越靠權勢、聲勢壓人，難不成，怕李桑戴帽子，怕到連該問的問題都不問了？

當天，《聯合報》頭版頭條，說檢察官將傳喚李登輝。爲國安密帳。如果記者問的有問題，李桑夠帶種，去衝《聯合報》，何必對著電視台小妹妹記者大小聲？再說，那個問題，典型是所有守候媒體協調後，指派一位記者代表發問所提出來的，不是代表「哪一家」，而是代表「每一家」；再說，那個記者的提問非常禮貌，沒有一點粗魯。李桑自己扛著總統先生的招牌，不想回答，不理就是了，吼什麼勁兒？老總統大聲，大家就要不分青紅皀白，發抖認錯？

我火的，也是那些小妹妹同業。眞是好嚇。這樣講，有點倚老賣老，德性沒比李桑好多少。可是，眞的，只要問的問題是公是公非，而且有所本，修辭用語精準、無歧視，記者哪有什麼不能問的？咳，咳，咳，如果當天我的現場，嘿，李桑，好膽你就這樣問，你就這樣走過來，我求之不得，我就當著十多台攝影機、錄音機的面，大聲告訴你，我是「T×××」台，我叫「×××」，「謝謝李總統關心」，可是，「我再請問一次，報紙報導檢察官決定約談你，你到底知不知道？」

記者的問題，不是爲記者自己問的。面對像呂秀蓮、李登輝這種動不動就喜歡問「你是哪一家的」的領導人，以爲你不敢報名號，以爲你報了，他就可以順勢再叩你一頂統派媒體的帽子；如果你閉嘴，他就以爲得逞，就更以爲記者眞的是可以威脅利誘。遇到自己捅出來的漏子，沒辦法處理的糗境，就藉著這種「你混哪裡的」角頭語言來轉移注意，模糊自己的理屈或無能。

媒體，不必爲國家機器做無條件服務。媒體，不必向主流政治勢力效忠換取採訪執照。不久前，英國首相布萊爾到遠東訪問，英國媒體一路追殺來，當著日本人的面，問他手裡是不是沾了凱立（自殺的武器顧問）的鮮血？同樣的，爲了凱立的事兒，英國政府和英國國家廣播公司BBC對幹，BBC董事會全數通過公開挺自己人。什麼是媒體的風範？懂沒？

有些媒體能以支持政府爲宗旨，那是他們「天賦異稟」。抓不住平衡感，不必氣餒，只要站穩反對、懷疑的位置，離一個稱職的媒體人就不會太遠。會問「你是哪一家的」政客，十九都不值得你回答。

注：二〇〇五年八月三日，七家有線電視台未通過新聞局換照審查遭停播，引發爭議。

呂秀蓮一直不請我

我很失落。我有一種被遺忘的恐懼。沒有辦法分類的悲哀。我嘴裡不承認，但心裡一直吶喊：副總統，我錯了。

副總統，我講不清楚我錯在哪裡。不過，我覺得那不重要。反正我認錯。我一定是犯了很大的錯，不然，副總統大人大量，不會廣發英雄帖，分批邀宴媒體評論人，可是，沒有我。

我筆賤。嘴壞。心眼小。無品無德。無才無能。我不過仗著一點小小媒體人的矜持，自己買顏料，自己開染房。一開好多年，大發利市沒有，倒也安身立命。每天罵罵這，罵罵那，泛藍說我頑固，我當是恭維；泛綠說我是統派，我乾脆自鳴得意。我反正故意擺出一副不怕死的屌樣，越嚕嗦我罵越兇。把一個媒體人的道德印記刺在腦門上，能得罪的，大概沒放過一個。

連戰不爽，沒關係。宋楚瑜不爽，沒關係。阿扁不爽，沒關係。可是，都沒副總統妳狠。幹嘛這樣？我認識的好朋友，都請光了，趙少康、陳文茜、李濤、李艷秋、楊憲宏、胡忠信、汪笨湖，沒關係，他們，嗯……我當他們是「老前輩」，尊敬他們。可是，范立達，跟我是哥兒們耶，陳立宏，還是我學弟耶，啊，不管啦，不管啦，副總統，妳這樣太狠了啦。妳知不知道，這招眞的很有效哩，我好煎熬。妳知道嗎？

副總統，我就公開告解，好唄。第一批名單出來，我就有點涼，那鍋死范立達，死陳立宏，八成怕我傷心，尤其是張國榮剛發喪，他們知道我性子烈，好面子，受不了這種刺激，怕尋傻。我也忍著，我悶悶往自個兒臉上貼金，想：嗯，我比較大牌，好酒沉甕底。我一定是第二批。第二批名單一傳出來，我跟大學聯考查榜一樣緊張，一個一個反覆看，天哪，怎麼會這樣？怎麼會這樣？我落榜了。副總統，這個時候，我就知道我錯了。

不要攔我。我還沒講完。副總統，我承認，我一直抱著一絲希望。我想，妳一定是想給我一個小教訓，嚇嚇我。讓我知道我錯得有多離譜。妳一定會在最後關頭通知我，是不是？妳說，是不是？那幾天，眞是他媽的應了我罵妳阿扁的那句狠話，我眞是「盛裝打扮，無處可去」。妳知道嗎？我每天穿著西裝。我每五分鐘摸一次電話。有時，電話號碼不認識，我馬上心跳加速，聲音發嗲，我發誓，只要是副總統妳打來的，叫我當眾舔妳腳趾頭，我也是肯的。可是，都不是。都不是。副總統，最毒婦人心。妳好毒。

張大春有安慰我，說妳也沒請他。他不說還好。說了我更想死。啊？張大春是誰？哎呀，匪諜啦，不重要啦。News98是統派媒體，是爲匪宣傳最努力的電台，全電台除了「水果奶奶」，妳都請了。妳叫我這張醜臉往哪兒放嘛？

後來，終於，我知道一個「同是天涯淪落人」——周玉蔻。大家都以爲妳請過她了，結果她說，根本沒有。副總統，妳完了，得罪我還沒關係，妳得罪蔻蔻小姐，妳完了。哇哈哈……我的仇，有報了。

蔻蔻小姐要找我，還有那鍋什麼張匪大春的一起喝咖啡。我們不要妳請。我們自己請自己。怎樣？有沒有怕了？快呀，後悔還來得及。我等妳電話。

立法院裡的飆車族

社會心理學探討集體暴動，有個概念，叫「匿個人化」。意思是說，人都有劣根性。有些事兒，一個人不敢幹，目標顯著，怕人認出；可是，躲在人群裡，就都敢了。不只是人多勢眾，人氣壯膽。還賭焦點模糊，被逮不易。於是，丟石頭、汽油彈，搶商家，什麼事兒，都自己「無罪推定」。

這種事兒，社會實務上，最常見的，有兩種，一種是街頭的飆車小混混。以爲一次幾十、上百輛機車呼嘯，警方不好逮，也不好追緝。還一種，是國會裡的老混混。那些立委，個別看，還有幾個像樣的，可是，聚在一起議事，那就糟透了。反正，一切以「立法院」的集體之名做成，個別委員，做好，做壞，誰記得？做好，委員還會自己出來吹噓；做壞，那還眞找不到什麼有心的媒體、團體好好抓。

立法院這會期結束了。那些議事對決、法案清倉的老戲碼不提了。這會期兩件事，吵得不大，但卻讓我印象深刻，靠，立法院有沒有羞恥心呀？好意思談這個。

一個，是泛綠立委爲了挺陳定南的「速審速結」，痛批司法院祕書長楊仁壽。說法院審案「效率」太差，造成賄選、貪瀆，甚至一般民刑事案件都延宕不決，正義不是不來，就是遲來。立委們當天痛批楊仁壽，甚至點楊仁壽下台的聲音奇大。我不是同情司法院。也不是對「速審速結」有什麼特別立場。只是，聽到立法委員竟然大罵別人「沒有效率」，十分震驚，而且刺耳。難免想，一個會被立法委員痛罵沒有效率的單位，是沒有效率到何種程度？而一個本身如此沒有效率的立法院，敢公開痛罵別人沒有效率，如果不是「匿個人化」，哪好意思這樣囂張。

再說《刑事訴訟法》大翻修，一次三百多條，一天搞定。這算效率？好，不管。好笑的是，《刑訴法》裡，加上了對「濫訟」的處罰規定。不知道立法委員們有沒有自己清一清，全院兩百二十五位委員，有多少官司在法院裡？有多少是告人的，有多少是被告的，告人跟被告，原因又是什麼？時間又是什麼時候？選舉時，不都這樣，爲了造勢，走法院像走妓院，按法鈴像按門鈴，選完了，不管上不上，理都懶得理。司法院怎麼不整理整理給大家看看，這些義正辭嚴，罵人像刀切菜的立法委員們，多麼講一套，做一套。

司法院，立法院，一字之差。司法院還本於獨立審判之精神，應免於外力干預。立法院是民選的，效率之爛，品質之差，反而振振有辭。一群老混混。德性，哪有比街頭飆車族好多少。

輯四

這也叫國家代表隊？

十月二十一日那天，睡著時心情還好，醒來一片惆悵。世界末日的感覺。

我看棒球。我喜歡棒球。小時候，我當投手，家裡窮，可是我就是努力存錢，有機會，順便偷我娘的錢，買全村第一支球棒，第一顆硬式棒球。球棒十五塊，我記得。那時大概民國六十年。我還買一本定價十二塊的書，叫《如何打好少年棒球》，棒球術語，基本訓練，我都自己翻書，再講給同伴聽。那可不是小學英語嚇嚇叫的時代，ABC是上國中才學的。爲了看懂書裡的一些簡單術語，我提早學單字，查字典。我覺得我對棒球的愛很偉大。

我還看過報上的小廣告，報名參加一支少棒隊。規定要小五、小六，身高要一百六十以上。那時我才小三，一百四十幾吧。認眞寄履歷，生平頭一回應徵工作，結果，謝謝，再聯絡。我也有世界末日的感覺。

好，回頭說十月二十一日。那天，中華成棒隊在古巴打世界盃，竟然輸給俄羅斯。四比一。我在報新聞時，就給它打上一個大大的「國恥日」。這眞是奇恥大辱。俄羅斯！哼！如果有一種世界地圖，是以棒球人口來繪製國家，那麼，台灣，中華台北，在裡頭可是個大國。在棒球地圖裡，俄羅斯，甚至中國大陸，地位、大小，就像眞實地圖裡的諾魯、帛琉，看不到的小國家。可是，台灣竟然輸了。這跟美伊戰爭，海珊大敗英美聯軍有什麼不一樣？

搞什麼東西。四比一，唯一一分還是九局得的。差點被完封。要不是預賽六場，之前已經贏了三場，輸俄羅斯，說不定也一併被淘汰，那中華隊還要回來嗎？就直接在古巴投奔鐵幕算了。不要安慰我，讓我講完，你們不懂，你知道俄羅斯的棒球隊員是怎麼來的？他們可不是像我們，從少棒一路打上來的。他們都是其他運動項目，像體操、田徑什麼的，年紀大了，跳不高，跑不動了，就湊著玩棒球，那根本跟老人打槌球一樣。你們這些中華隊的明日之星，竟然輸給這些應該參加「長青盃」的運動人口。

我心很涼。我擔心的不只是世界盃。我擔心亞洲盃。下個月，中日韓，可能還有大陸，要搶兩席奧運參賽資格。如果世界盃會輸俄羅斯，亞洲盃該不會輸給大陸隊吧？這回大陸隊帶隊的是誰你們知道嗎？江泰權、郭建成咧。

呸呸呸，我烏鴉嘴。可是，你們要是眞的輸給大陸，有本事你們就不要回來。

向全國棒球迷的公開道歉

我又闖禍了。每次闖禍，我就想：這回又惹了誰，怎麼會這樣。我惹的人多了。可不只是以前的國民黨、現在的民進黨而已，我還惹火過一些宗教團體，我還惹火過「愛國同心會」，我還惹火過球迷。

每次惹火人，總會有好朋友來找喝酒，唉，幹嘛呢，你就睜一眼，閉一眼，管他們去死，反正，總有人會出來講話的。嗯，好吧。那下次我不說了。可是，對不起這些朋友，他們還是得常常請我喝酒。

最近，爲了棒球，咦，我又闖禍了。我痛K中華隊。說中華隊輸日本，打得有夠爛，打得爛，投得爛，輸了活該。○比九，這還不爛嗎？跟前一天贏南韓判若兩隊。好啦！一講，愛國愛鄉愛中華隊的球迷們又排山倒海來了。第二天，電視台告訴我，球迷在網路上的反應如何如何，問我要不要反應？我說，我的反應就是那幾句話，沒別的了。隔著電話，我知道，電視台的同仁也在心裡幹我。

後來上網路去看，嘩，果然很熱鬧，幹我的，有點多，但是，還不夠多，加上一些挺扁、擁獨、中國豬的什麼言論扣一扣，好像沒什麼搔到癢處的，就不理了。少數有在認眞談事情的，也被淹沒在文字暴力裡，覺得替這些理智的網友們可惜。反正，網路上，本來就充滿著殺伐之氣，網路裡的拳匪氣質本來就重，要你道歉，恭喜你，那眞是給你面子；要你跪，那算客氣；要殺你，你要裝出一點怕的樣子；要抵制工作單位，讓你走路，好吧，我也做好準備。反正，網路上，你永遠不知道你在跟誰、跟幾個人在說話。有理，我聽，沒理，媽的，我管你。像之前，我把紅襪的貝比魯斯魔咒、阪神的中央聯盟寫錯，靠，眞是糗，第二天快道歉。因爲這種一翻兩瞪眼的事兒，錯了沒話說。至於我不覺得錯的，道歉？慢慢等吧。

我不愛國。某種程度上，對。我連投票都不去。我相信國家與個人之間是一種社會契約關係。這個契約裡的權利義務，我常常修改。說不愛國，是相對的。我會不會幫「中華隊」加油？會，超愛的。可是，愛到中華隊這麼爛，還要幫他們擦脂抹粉，以「愛國」自豪，對不起，我做不到。想都不必想。

對日本，慘敗。對中國，慘勝。只有對韓國，不只球技，最可感的，是拚戰精神。可是，南韓還有籃球、足球，還有奧運比賽項目裡的幾十面獎牌當本錢，台灣除了棒球，所剩無多。既然只有棒球，就要對棒球要求更高一點。不要寵溺到對眞相視而不見。

這是我的感覺，來，要幹我，再來吧。

注：中華棒球隊在二〇〇四年雅典奧運獲得第五名。

好爛的快閃族

你可以說我老了。跟不上時代了。沒關係。可是，老子我就是不爽你們這些什麼快閃族（flash mob），沒膽沒種沒腦的網路時代「小癟三」，每次出來每次丟臉。把一種無傷大雅的都會遊戲玩到讓人想吐。

眞想問問：你們哪個學校的？怎麼這麼「遜ㄎㄚ」？

好啦。不要裝了啦。一看就知道你們都是學生啦。放暑假無聊。看人家老外玩出點名堂，學人精，想趕熱鬧，看能不能免費露露臉。社會人士，拜託，誰那麼有空？跟你去玩這種沒水準的把戲？

我不想學那些心理醫生去分析你們，可是，你們眞是趕流行的低級動物。人家玩什麼，就跟著玩什麼。人家穿什麼，就跟著穿什麼。人家哈什麼，就跟著哈什麼。新台灣人的新新人類，既不夠國際化，又不夠本土化，怎麼就玩不出點能讓我們這些五年級初老男人眼睛一亮，覺得英雄出少年的花樣？一點原創性都沒有。你們不是都屌得要死，把自己講成「酷」的一代，把全部的世代文化，變成「酷的工業」。不酷都不算人。可是，這樣成天毫無創意，盡學人家皮毛的追星、快閃，你們怎麼好意思通知媒體去拍？

看看你們，一、點子爛，我相信一定是一堆超級大鍾子、矬蛋，才會想出那些爛點子。二、每次集合，小貓兩三隻。媒體到得比你們快，人也比你們多。三、約好的耍寶，每次都草草結束，不然就是說自己是來看熱鬧的，連身分都遮遮掩掩，一天到晚被媒體宣告失敗，這也好意思自稱「快閃族」？最難看的，是那幾個戴紙袋，想免費搭捷運的，被活逮，沒送警察局都算客氣了。搞什麼東西。

快閃族，一要聚得快，二要閃得快，三最好本來不認識，一哄而散，後會無期。活動的時候，點子很重要，無傷大雅、戲而不謔，不能嚴重破壞社會秩序，不能傷害特定對象，不然惹人嫌，還可能犯法，早晚被蛋洗。所以，創意要夠，動作、口白不能繁複，讓參加的人發點小神經，覺得有意思，讓旁觀的人一頭霧水，會心一笑，一點小氣，可發可不發。

最後，跟你們這些玷污「快閃」之名的「遜ㄎㄚ」講，你們的公信力破產了。再發新聞，鳥你們的媒體越來越少了。我建議你們，要玩，不要再通知媒體，自己用V8拍，成功了，賣給電視台都成，不成功，也不會太丟人現眼兼惹人嫌。懂沒？你們這些快閃族。比我們年輕時在新公園把春時，一起鬼吼鬼叫，還差勁兒。

吳憶樺後面的政治

我先說清楚：我是個尊重司法的人。非常。對吳憶樺這檔事兒，我大概是最早寫評論的。我拿古巴小男孩伊利安的監護權爭奪戰做例子，提醒這種跨國親權官司通常會有高度的政治張力。我也批評中國父系社會的香火哲學，常常把母性的親權地位邊緣化，給它一個「道德不正確」。

好。說歸說，可是，回到實務面向，吳憶樺的事兒，政府處理得有夠爛。一傷吳憶樺，讓人心疼。二傷台灣國際形象，讓人丟臉。三傷了台巴雙方家屬未來處理的空間，吳憶樺以後想回台灣，很難。我很想問，政府難道不能處理得好一點嗎？就一句尊重司法，就交代了行政部門的消極責任嗎？

我來泛政治化一下。反正是「假設性的問題」，官員一定不回答。可是，沒關係，我們一起來腦力激盪：

——如果吳憶樺的媽媽是大陸女子，政府處理的態度會不會不一樣？

——如果居中介入協助吳家的不是國民黨的林益世，政府處理的態度會不會不一樣？

高雄縣，那是政治上綠得不得了的地方。民進黨的根。可是，民進黨在整個事件裡都看不見人影，這很怪。行政部門說要尊重司法，這很敷衍。尊重，不是袖手旁觀，尊重，是尊重檢察官的調查權，尊重法官的審判權，既不表示除司法，行政部門無事可做，更不表示，法院要強制執行時，連執行的人力，都得自力救濟。那天場面混亂、拉扯，醜態傳遍全世界，是要怪法院法警不夠？還是行政部門失職？還是，根本是因爲黨派因素作祟，不想給泛藍抬轎？

行政部門說要尊重司法，就相信它吧。可是，如果吳憶樺的外婆不是在兩萬公里外的巴西，而是在一水之隔的中國大陸，民進黨政府的態度會不會比較清楚？比較強悍？會不會比較不尊重司法？會不會比較想孔想縫，無論如何，都要讓一個愛台灣、不愛中國的台灣之子留在台灣？說實在的，就算行政部門尷尬，不介入，連民進黨籍的民代都不見一個，這就太明顯了。民代就是關心嘛，就是協助嘛，就是爲民喉舌嘛。民代，哪個不是人來瘋？突然理性、沉默，心裡一定有暗鬼啦。

好吧。我泛政治化完了。各位覺得有道理，不必來獻花；沒道理，不要來潑屎。噢，最後，我還想問一個問題：吳憶樺是台巴「混血兒」，那如果爸媽「一中一台」，生下的小孩可不可以叫「混血兒」？是不是有點怪怪的？

注：吳憶樺十歲生日那天，巴西的祖母說，當初極力爭取撫養權的台灣親友，這一年多來很少跟他聯絡，生日當天也沒有一通電話。吳憶樺的叔叔去年曾表示，打過十多通電話到巴西都遭到掛斷。

你有普卡嗎？

你有信用卡嗎？沒有？不會吧？你是外星人嗎？外星人都該有信用卡了。

你有幾張卡？說。一張？不會吧？怎麼可能？信用卡這麼好辦；呆卡又不花錢；失卡又零風險；每張卡的功能又都不一定一樣，換個贈品也值得，幹嘛不辦？皮夾裡只有一張卡，是「遜ㄎㄚ」的同義詞。

每次看著自己皮夾裡的信用卡，看著信用卡廣告無孔不入，我都忍不住笑出聲音。我每一張都嘛是「金卡」，最近「白金卡」免年費，台灣卡市馬上被「白金卡」淹沒。偶沒有，被笑得要死。可是，說眞的，我爲什麼要有？

這就是台灣神奇的地方，什麼東西都有本事搞到爛。信用卡是個最典型的例子。信用卡，顧名思義，當然是靠信用發卡，靠信用用卡，卡有額度，額度跟經濟水平與持卡信用有關。以前，卡分普卡、金卡、白金卡，就是爲了搞點小階級，讓大家依卡色分品秩，白金卡，何等尊貴？何等稀有？可是，現在呢？什麼卡最稀有？當然是普卡最稀有！平凡無奇的普卡，或是上頭有梅花標誌的聯合信用卡，跟頭皮屑一樣，很久都沒看到了。你知道嗎？有天，有個朋友，不小心亮出了皮夾裡的普卡，本來覺得很不好意思，沒想到，引來一片讚歎，當場大家傳閱，他尾巴都翹起來了，驕傲哩。

五年前，金卡就很屌了。出國，拿金卡出來閃兩下，就很囂張了，老外都會用「膜拜」的眼神看你。現在，更不得了，白金卡多得像大賣場的會員卡一樣，所有的分級最後都失效，一切分級的最高標準，都很快要對最普羅的階級開放。然後，要重新建立新的高級標準。在搞不清狀況的老外眼裡，台灣人個個都是「好額郎」。是嗎？啊，膨風水蛙刣沒肉啦。台灣人唯一膨脹的就是信用啦。跟韓國人很有拚。韓國的LG公司最近還發了一張信用卡給寵物狗。媽的，連狗都有信用了，人怎麼辦？

知道嗎？信用卡在台灣的產品周期多短？五年。金卡，五年，就變成普卡。白金卡去年開始免年費，一年暴增一七五萬張。很快，白金卡就會變成金卡。不過，這套搞不久，要凸顯尊貴，一定要有新的「階級色彩」出現，猜猜，是啥？台灣馬上成爲全亞洲第一個推出無上限頂級信用卡的市場！怎樣？以後，誰有一張刷不爆的卡，才叫炫。才叫凱。

我最多辦了六、七張卡。我還認眞寫了張備忘錄放身上，什麼卡可以幹什麼。購物、旅遊、拖吊、停車……自我管理得夠專業吧。可是，一年下來，老實講，我用來用去，就那一、兩張。爲啥？紅利積點嘛！換獎品嘛！我根本是信用卡的奴隸嘛！卡奴！然後，我就開始剪，每剪一張，我都覺得自己頭上多了個戒疤，好神聖噢。現在都有光圈了。

最近，我常接到聲音非常「〇二〇四」的小妞打電話給我：「唐先生，請問您需要循環信用額度嗎？我們是××現金卡……」媽的，喂，你們有完沒完哪？我心愛的Dunhill皮夾都撐破了，賠我啦！

如何成為全年最熱門的人

每到年終，我就很累。朋友聚會多，免不了。但工作也多。有的，是既有工作的收尾。有的，是參加一些應景的活動。像「X大新聞」之類的票選活動，我嘴賤，筆壞，心眼深，受邀的機會多些。

像「金驢獎」，那是新聞圈歷史最悠久的獎項，我幹了好幾年評審兼撰稿；今年三大新聞網站合辦的「十大新聞」網路票選，我也軋一腳，當個小評論。知道嗎？我覺得我很有心得。

二〇〇二年，幾乎所有這類活動，都把最大獎給了鄭余鎮和王筱嬋。如果沒有王筱嬋，鄭余鎮一生都不可能這麼紅。他真的是沾王筱嬋的光。他們兩個一鬧大半年的這一段，再好的編劇也編不出來，裡頭，有神怪，有私奔，有懷孕，有暴力，有流產，最後還有哭墳，所有肥皀劇裡用來灑狗血的元素，一樣都不缺，典型缺少俊男美女，卡司不強的黃昏之戀，眞是人生如戲。

想想鄭王戀；再想想璩美鳳偷拍案；再想想黃顯洲的性派對；再想想莉莉和小鄭；我覺得，這些人為台灣的八卦事件設定了一個「貝蒙障礙」。什麼是「貝蒙障礙」？那是田徑場上人人知道的專有名詞，就是非線性的超越，貝蒙突然間在跳遠項目跳出遠超過前人的好成績，不可思議到讓人懷疑的地步，不相信短時間之內有可能被超越。

在搞這種活動的過程，我體會一些道理。譬如：我覺得，台灣社會現在已經是驢的事兒多，正經的事兒少；還有，媒體表面上都在販賣道德，其實是在販賣不道德，泛道德的指控，只是用來包裝自己入侵私領域的心虛，讓窺淫者除罪；還有，因爲社會對新聞事件的消化太快，年終辦這種票選，對年初發生的事兒就很虧，一般人「賞味期」都很短，對新聞事件的感覺和記憶保鮮能力很差，所以，如果眞要鬧個一砲而紅的新聞，拚個年終大賞，那就得讓時間點貼近年底一點。這也不算什麼丟臉的事兒，很多好萊塢的片商，也都把拍來拚獎的電影，盡量靠近奧斯卡的頒獎日。

說眞的，如果眞的是抱著「虎死留皮，人死留名」的念頭，要出名，那還眞是不難。所有抱走各票選活動年終大賞的人或事，幾乎都具備相同的特質：我行我素。外，不慚清議；內，不疚神明。忠於感覺，敢說敢做，受不了的人會罵不要臉，可是心裡還是不得不暗暗佩服，這些人不是瘋了，就是帶種透頂。

說實在的，只要不犯法，我也講不出什麼是非對錯。八卦始終來自人性。有時候，這些鳥人鳥事兒，還可能帶來一些觀念上的衝撞，不算壞事兒。我覺得最噁心的，就是一般民眾。噁心的地方就是虛僞。明明愛聽，愛看，卻又愛表現得一副道貌岸然得樣子。吐血。

「完全變態」的政治人格

我這個人很壞。那些政治人物愛出書，傳記、回憶錄，什麼大台灣、小日本、驚濤駭浪、風起雲湧……不管啦，我也沒什麼耐心看，也沒什麼閒錢賣，反正，總有人會送，送，我就留下來。

當下，我是懶得訪問，懶得細讀。心理學的撈什子書我是讀過一些，我知道傳記的本質，是自欺欺人。每個人到了寫傳記的時候，就算是曾經殺人放火，大概也沉澱到了可以自我催眠的階段。從心理學去研究傳記超有意思的，每個人要開始回憶時，幾乎都在自我做戲，個個都有一股長吁短歎，給人一種「連我自己都不相信我竟然走過那段艱難的日子」的感覺。記憶的自我僞造，半眞半假，最後，自己都分不清楚自己在哪裡說了謊，爲什麼說謊，反正，傳記通常都有一種當下的使命要達成，只有在作傳當時，傳記才有眞正的實用價值。

於是，我就結合了自己的「懶散性」，和這種傳記禁不起時間考驗的「必然性」，我總是喜歡隔一陣子，沒有時間壓力時，再回頭細讀這些名人、偉人自吹自擂的革命言行。這有個很大的好處，你會發現，本來沉重無比、忠孝節義、帝王本家、使徒行傳的文字，十九都成了笑話大全。政治sense越夠，可能越覺得好笑，難免想起朱高正那句：「政治就是高明的騙術。」豈止，台灣簡直就是一票騙死人不賠命的政治金光黨。就像李登輝十二年總統講過的幾噸重鳥話，你如果隨便摘一段唸給他聽，他不但不記得自己竟然講過這麼背骨的話，說不定還會當著你面就把作者臭批一頓。你看，不要說連戰、宋楚瑜，不要說丁遠超、章孝嚴，連劉泰英、蘇志誠，還有一些圈內人才認得，曾經在李登輝辦公室裡待了多少年的幕僚、近臣，在李登輝卸任後，都一個一個離開了李登輝。為什麼李登輝只有新朋友，沒有老朋友？李登輝每天都是新的。再親近的人，也跟不上進度，就像電腦一下，不update，很快就落伍了。這種每個今天都在否定自己昨天的生活，一般人還眞是幹不來。所以嘛，政治不是人幹的。

生物學上有些生物的幼蟲和成蟲的外型相差十萬八千里。像毛毛蟲與蝴蝶；像蝌蚪與青蛙；像孑孓與蚊子；這種大小漢怎麼差這麼多的動物成長過程，有個專用語，叫做「完全變態」。你如果看咱們政治人物的傳記，難免會有「完全變態」的感覺。越往前看，就越覺得，這是同一個人，同一種生物留下的紀錄嗎？

唉，我又囉唆了一堆。我不知道誠實到底是不是一種政治價值。我沒膽量這樣去跟人說。我雖然把「坦蕩眞誠」當座右銘，可是，老實講，我做不到。我一直想讓自己有一種「誠實到有病」的人格，可是，我沒辦法。所以，那個座右銘永遠有效。而我，也保留了自己從政的可能性。這麼有天賦，我幹嘛糟蹋了。我再想想。

不可不知的「世語新說」

今年的金驢獎縮水了。版面剩兩版。不是驢人驢事兒少了。沒辦法，景氣差。明年應該會好一點。

除了大獎項、嘉言錄之外，本來，今年還要另外做點對人類有貢獻的事兒，想另寫一類，叫「世語新說」。顧名思義，當然跟古言古語、不翻譯不懂的《世說新語》相反。「世語新說」是一些語義推陳出新的新語彙，有些微言大義，無法從字面上完全得知，講出來，能不能引起共鳴，就可以證明說跟聽的，是不是同一個生命共同體。要是不懂，根本就跟大陸偷渡客一樣，完全沒有融入這個社會，就不夠本土化，就不愛台灣，就、就、就不算同一國的。

歲末年關，去年幾個大家不可不知的屬於台灣社群才懂的特殊語彙，整理給大家，可以把它剪下來，做成小卡片，隨身攜帶。算是唐湘龍送給《時報周刊》八卦姊妹、九卦兄弟的新春賀禮。（批愛司）應召站負責人尤其不可不知，一定要剪下來給旗下的大陸妹妹好好背。有燒香，有保庇。

1. 置入性行銷——（學術用語）媒體與政府「援助交際」的官方用法。
（翻譯）就是媒體被政府包養，歡喜甘願的意思。但是，媒體都會「裝在室」，不承認被老大哥置入。

2. 感應命中——（軍事用語）一種在演習時常見的靈異現象。
（翻譯）飛彈不準沒關係，靶機準就可以了。靶機不準也沒關係，自動引爆裝置有效就可以了。

3. 上流社會——（外星人用語）冬天穿細肩帶、帶草帽，多金又欠稅，信佛又棄女的怪女人。
（翻譯）#$%&@……

4. 諮詢性公投——（阿扁專用語）用公投「確定」大家都不會反對的事情。
防禦性公投——（阿扁專用語）用公投「提醒」敵人可以射飛彈了。
（翻譯）脫褲子放屁。詛咒乎老百姓死。
（譯注：對不起。忍不住了。）

5. 阿扁魔咒——（棒球用語）其實就是「阿扁帶屎」的意思。

（翻譯）打不贏沒關係，打到贏爲止。

（譯注：適用於軍事演習漏氣——打不中沒關係，打到中爲止；或是選舉文宣犯錯——小數點點錯沒關係，點到對爲止。）

6. 一桶汽油甲一枝番仔火——（戲劇對白）一種未經當事人同意的火葬儀式。

（譯注：近年來台灣新興的休閒活動。）

7. 水蓮裝——（流行用語）一種「太平天國」垮台後就失傳的宗教服飾。像把百褶裙套在脖子上，很難吃飯。

（譯注：檳榔西施寧可從良都不穿。）

8. 宣達團——（宗教用語）一種新興狂熱宗教。

（翻譯）宣達是一種暗語，同一國的，聽了會覺得是福音，不自覺白癡傻笑；不同國的，會覺得是咒語，聽了會頭痛打滾。

五年級的最後一場

唐湘龍懶。這個，好朋友都知道。都忍。把唐湘龍推拖不出門的理由當屁。過年，一堆簡訊拜年的。以往，我也沒一個一個回。我總是仗著朋友都善良可欺，覺得他們男的豪情大肚，女的善體人意，一定會從最正面的角度解釋唐湘龍的懶。我就這樣，越來越懶。

不過，這不是重點。重點是，我想，我老了，今年，我竟然思念起一些朋友。於是，我打了幾個電話，這些電話，充滿了初老男人半身就木的腐敗氣息。我很哀傷。我竟然在淺睡中驚醒。一夜反側。上回出現這種情況，是我退伍那天。十五年前。

不知道怎麼搞的。大家聊起了五年級。從五年級聊到四十歲。從四十歲聊到家庭、事業，覺得身敗名裂都還好，人生乏味最糟糕。偏偏，個個乏味。大家最對焦的就兩個話題，一談就「bingo」，一個，是「你過年沒出去啊」，一個，是「想不想聽羅大佑演唱會」。每個人都含恨給了一個肯定，又一致的答案。

從鳳飛飛、歐陽菲菲、甄妮、潘安邦、陳淑樺、羅大佑，一拖拉庫。不是開了，就是正在開，就是準備開，就是傳說要開。這些，都是好一陣子不出片，螢光幕上不露臉，連歌都很少聽到的「老歌星」。陸續、密集出片、打歌、辦演唱會，有的人知道了很興奮，可是，深談之後，卻很難過。覺得，這些，是屬於四、五年級的歌星。唱五年級的歌。當年的三年級，覺得他們是靡靡之音，現在的六、七年級，有的，連名字都沒聽過。他們被老的排斥，被小的遺忘。他們出來，是爲一個世代唱。不管是流行歌曲、愛國歌曲、校園民歌、抗議或搖滾，都是這個初老世代的旋律。「唱罷歸來曲未消」的惆悵感，眞是深。

我鐵齒。托大。又好賣弄。朋友問我要不要一起去聽？我說「不」。「爲啥？」我說，那是「五年級的最後一場」。這些歌星，除了賺錢之外，不知道有沒有意識到，這種不約而同、輪流辦演唱會的感覺，有多殘忍。雖然菲菲還是野。甄妮還是美。陳淑樺還是唱得讓人想大醉大哭。可是，我就是覺得這好像這個世代的「集體告別式」。不再壯年，不再中堅，不再主流。我不能接受。

那些曲子我都熟。前奏一起，我就像帕金森患者，不自覺地抖。可是，我沒有做好準備。「我人生還沒精采過，怎麼就要落幕了？」我這種文藝腔，也算是世代標記，朋友都有點受不了地敷衍。「那見個面吧？」「好！」我不敢再懶了。

你們真的都不作弊嗎？

我偷偷講我的感覺好嗎？你們不要又打電話、發傳眞、上網路，還寄限時來罵我，我才講。好，打勾勾。我要講的是：那五名陸軍官校的學生，我開始同情他們了。

我是很鄉愿的人。我講話都嘛察言觀色，做人都嘛拉高打圓。我跟阿扁一樣，一切以民意爲依歸。看大家罵什麼，跟著罵，看大家恨什麼，跟著恨。罵什麼，恨什麼，其實都是一種流行。跟蛋撻一樣，來去都很快。誰當總統，誰準是「政治的流行教主」。

啊，不要又扯到阿扁去。那不是我的重點啦。我是說，大家都是趕流行在罵。罵那五個軍校生。說作弊可恥。說「如果作弊可以要求原諒，那以後上戰場，怎麼叫人家相信他會保衛國家？」赫，我一聽到這種話，我都立正站好裝啞巴。我一直以爲大家都會作弊，可是，到處都有人敢這樣講，還扛出什麼「西點精神」，我頭皮好麻，馬上就開始懷疑自己，難道，你們眞的都沒作過弊？

問你們，什麼是「西點精神」？怎樣，講不出來了吧？告訴你們，西點精神就是「責任、榮譽、國家」。去年，西點軍校剛好兩百年。前後培養了五萬八千多名畢業生。可是，這「西點精神」不是一開始就有。這是一九六二年五月麥克阿瑟「告別西點師生」的著名演說裡提到的。到了台灣，這三點次序重排，前面再加上主義、領袖，就成了「主義、領袖、國家、責任、榮譽」。以前上軍訓課，我就一直搞不懂，「榮譽」爲什麼是軍人的第二生命？明明是第五生命不是嗎？排在五大信念的最後，不是挑明了告訴學生，「榮譽」不是那麼重要？

當然，「西點」很嚴格。「西點」畢業，走路有風。可是，西點人就不作弊嗎？呔！哪兒呀！做得兇咧。只不過，作弊，被逮到，就是開除。有一回，一次一百多個學生集體舞弊，成了全美熱門新聞。這次，陸軍官校校長楊國強就是用西點標準懲處了這五名學生。可是，這樣做就一定對嗎？

西點的標準一直很嚴。可是，陸官是嗎？陸官對於作弊，有的記過，有的退學，有的開除，初一十五，不一樣。更何況，軍中風紀爛，爛到根裡，當軍人的，有幾個人相信不作弊能活得下去？念書時做，下部隊繼續做。這是軍人對軍隊風氣的認知，根本不覺得作弊是殺頭的事。一次下這麼重的手，雖然有整飭軍風、揚刀立威的效果，可是，會不會有點「不教而殺」？除非這五個學生有過「前科」，不然，不三令五申，起碼也該一令一申吧？開除都開除了。說要撤回處分，讓五個人回去繼續念？太尷尬。改開除爲退學，網開一面？可以考慮。

我最坦白，最不要臉，我承認，我作過弊。還被導師逮過。還記過。這件事對我自尊傷害很大，我一直都沒有跟人講。我覺得最丟臉的，不是作弊，而是作弊還被抓到。被抓到還不是最丟臉的，最丟臉的是，那一科，是國文。

把喬丹抓起來！

我是喬丹迷。我很氣。這個，大家都知道。

我對耐吉超不爽。這個企業先是不誠實，後是不認錯。我把球鞋扔了，這件事兒，我非得討回個公道不可。莫名其妙。喬丹，哼哼，他以爲他是參加網路快閃族的聚會嗎？哼哼。哼哼。

我沒去買喬丹鞋，沒有摸彩，沒去排隊，我就氣成這樣，那些花了大把銀子、時間，被當傻子兼凱子的球迷，鐵定比我火十倍。媽的，一百零九秒，你以爲在打NBA季後賽嗎？想了好幾年，花了好幾萬，等了七小時，那一百零九秒，相機如果沒電，換個電池的時間都不夠。要是剛好上廁所，回來，那還不是跟在家看電視一樣。籃球天神？靠，就算是耶和華、阿拉、玉皇大帝敢這樣搞，一樣，譙到沒力。

北檢說要主動偵查。說有人告，他們就準備好好辦辦。好好。好好。我建議，檢察官別光講，要辦，耐吉別放過，喬丹也別客氣。傳他。叫他到庭。不到，通緝他。不理，把他列入十大通緝要犯，上網，機場、港口都貼相片。

開玩笑？不。我是認眞的。喬丹就算不是被告，起碼也是重要證人。這是體壇史上最惡質的詐欺事件，搞不好就毀了耐吉形象，毀了喬丹產品在台灣的市場，我要是喬丹，我飛也飛來。何況，你看，之前，總統大選，不知道哪個精神病，光看電視就告了林青霞，說她亮票，冤不冤？冤哪！無不無聊？有夠無聊啊！檢察官有沒有傳林青霞出庭？有哇！那林青霞怎麼辦？出庭呀！怎麼辦？檢察官不是放話，說阿霞如果抗傳，能拘則拘，不能拘則緝。神經病眞多，是吧？

哎，沒有啦，我說的重點是：既然可以傳阿霞，爲什麼不可以傳阿丹？哪個檢察官如果通緝阿丹，把阿丹列入十大通緝要犯，那是會上國際新聞版，還會在歷史上留名的，知道嗎？而且，那個十大通緝要犯的海報可能會一直被偷，一直缺貨。法務部可以加印流水編號，當限量海報賣，靠，鐵定比耐吉的絕版海報還紅火。

你猜喬丹敢不敢來？鐵不敢來的嘛。可是，如果他來了怎麼辦？嘻嘻，其實，我都想好了，如果他來了，bingo!就改列共同被告，偵結起訴，限制出境。這樣，不只檢察官紅，連法官都會跟著紅。法官要慢慢審。一百零九秒？哼哼，我把你困在台灣一年九個月，讓喬丹迷撈夠本。黨政部門怎麼辦？沒關係，由外交部發表聲明，說：「台灣是一個司法獨立的國家。」「政治不能干預司法。」反正美國人最好騙了，就隨便講講。然後，我們可以把喬丹當人質，演虐囚，說不定，連阿拉伯世界都叫好。一定的。

嗯，我也有點不正常對不對？沒辦法，「五二〇」聽完阿扁講話就這樣。吃藥也沒好。別怪我，這耐吉實在、實在太陳水扁了。

注：二〇〇四年五月籃球飛人喬丹來台會球迷，一小時的活動僅現身短短九十秒，引起球迷不滿。事後，耐吉台灣分公司涉詐欺部分以無具體犯罪事證的他字案簽結，公平會則以交易相對人資訊不對等，損害消費者權益，罰款耐吉台灣分公司一百萬元。

辣媽與豎仔

唐湘龍很色。雖然只算「半尾活龍」了。可是，嘴巴還是強。會滾。只要色情，唐湘龍都是先同情，後聲援，靠著精神長相左右。我對那種敢於付諸行動爽到自己，還兼善天下的，我都佩服得不得了。

嗯，各位老師，各位同學，今天，我要講的題目是：「網交！」「網交！」謝謝，請坐。不要靠過來。聽我講就好。我不是說我。偶是歐吉桑。怪叔叔。十年前就定調了。沒戲唱。我是說那天在奇摩聊天室被刑事局偵九隊活逮的那兩個，一個三十九歲的辣媽，一個十九歲的夜校生。

我看了報，鼻血用噴的。穿透報紙，射進對桌的咖啡裡。還好，噴出來的只有鼻血。我很火，非常火，「怎麼會發生這種事？」「怎麼可以發生這種事？」我馬上拿起電話把在搞網路的朋友飆了一頓，痛罵他不夠朋友，有這種事，竟然都沒告訴我。他很無辜。他說，他一聽說，就想進去看，結果，一直被踢出來。

知道嗎？我非常賭爛那個夜校生。不是因爲他善用了念夜校的好處，在白天找到了別人晚上都不一定有的快樂。賭爛他，是因爲他媽的不帶種，被逮了，就裝小，裝清純，說什麼聽到對方三十九歲嚇了一跳，說噁心，說對方都可以當他媽了。幹！人家免費光屁股給他打手槍助興，出了事，還要販賣「年幼無知」的典型脫罪嘴臉，好像自己還吃了虧一樣。這種討了便宜還賣乖的爛卡，太多了。以爲情色犯罪是依年紀論輕重。媽的，對啦，如果你未成年，那算你狗運啦，你他媽都成年了，看免費，打免費，還裝在室。什麼叫噁心？這種男人最噁心。

說噁心？我就不信，如果那個辣媽告訴他實情，他會馬上穿回六條內褲走人。幹，我最看不起男人裝無辜。膽子比老二還小。骨頭比老二還軟。

那個辣媽長啥模樣兒？我沒看到。也不想看到。我跟我朋友討論過，那個胸部、那個屁屁，都是圓的。超彈性的。AV級的。這樣給那些豎仔打手槍用，眞是糟蹋自己行情。不過，我肯定這個辣媽，不只是豐臀大乳，而是因爲，因爲，她竟然會上網，進聊天室，還會用網路視訊，玩網交，這些，連唐湘龍都不會。我覺得，她眞是個模範，比起那些一聽到網路，眼睛就發直，每天只會在沙發上陪電視殉情的五年級、四年級，她眞是模範。多勇敢啊？多有情趣啊？

三十九歲的女人？怎樣，就不是人啦？出門就算犯罪啦？我不知道我這態度到底算沙文？還是算平權？我非常不爽男人年紀越大，玩的女人還越小。可是，女人如果跟小一點的男人「黑皮」一下，好像就犯了天條。那個爽了自己，還傷了別人的豎仔，就這種德性。

當然，最無聊的，就是偵九隊。自己看完了，就破案。槍擊案都三個月了，這種小案子破那麼快幹嘛啦，那我們這些只能望梅止渴的，今晚怎麼辦？你說說看嘛。

注：一名三十九歲的家庭主婦，在家中以視訊網路與小她十八歲的高中夜校生進行公然猥褻動作，並免費供網友觀賞，被刑事局依妨害風化罪嫌函送法辦。

最老的廣告

我不虛僞。我很愛看廣告。電視廣告。

我不像你們，明明受廣告影響深到幾乎催眠，可是都會裝出一副「理性消費」的樣子。否認自己有種莫名其妙的購買欲。嘻嘻，你上超市，是不是常買回一堆不在清單上的東西。冰箱裡的食物、飲料，是不是勉強下肚，不然就等過期丟掉？

我告訴你：統計顯示，一般人上超市，買回來的東西，有八成不在計畫裡。唆假啦，你也是啦。

好。廣告很重要。廣告幾乎是消費的動力來源。欲望常常是被廣告挑逗起來的。所以，廣告在挑逗人性潛在欲望這檔事兒上，比大部分的男女都行。不過，這不是我要講的重點。我要講的是說，光是電視，台灣一年新推出的廣告，我估計幾百支總是有。像時報還設了廣告金像獎。鼓勵行銷創意。廣告金句，更往往成爲一種時代注記，甚至世代語言。網友更是三不五時傳來令人叫絕的各國廣告精品，那幾乎成爲網路上的重要快樂。

我覺得，過去幾年，台灣的媒體、綜藝，沒進步；戲劇，沒進步；新聞，沒進步；談話性節目，更沒進步。唯一進步的，是廣告。我對廣告的印象遠超過節目本身。我喜歡讓我眼睛一亮的廣告。不管是創意、手法、廣告詞、或是產品本身。就算是公益廣告，我覺得都比大部分節目好。

可是，這也不是重點。我要講的重點，或困惑，是：爲什麼有些廣告，幾十年都不換？不是聳不聳、好不好的問題，而是那些廣告明星，小的大了，大的老了，老的死了，大過年講這些實在沒意思，可是，不講，看了又難過。這跟節目重播還是不太一樣吧。廣告這樣一直重播，而且，有的是下檔好久了，隔一陣子，又回來了。理論上，能上電視廣告，財力總是可以。能一直重播，表示產品長銷，不褪流行。我也不能逼人家一定要拍新廣告，可是，拜託啦，重拍好不好？

這樣講，你可能覺得「沙攏嘸」。「嘸知唐湘龍哩講啥咪」。舉幾個例子。「肝胃能」，一個老太太，現在應該一百多歲了吧，如果還在世，「肝胃能」簡直是仙丹。三支雨傘標的「友露安」，譚艾珍三八媽媽的形象從此定調，其他角色都別想。還有，還有，最近又出來了，愛之味的「土豆麵筋」，天哪，不要說胡瓜啦，胡瓜變得不多，可是，那些吃麵筋好腦筋的小朋友，應該比胡瓜女兒都還大了吧。喂，這些廣告，本錢都花不大啦，手法都很粗糙、直接啦，就算點子不換，重拍一支也差不到哪裡嘛。人家「斯斯」的廣告雖然俗到斃，可是，人家常換哪。

喂，過年了啦。除舊布新了啦。「隆美窗簾」說，科學家始終不了解人們不把老窗簾換掉的理由。那廣告哩？十幾年、二十幾年都不換，這可不可以罰啦？肝胃能、友露安、土豆麵筋，我受不了啦。

慈善的原則

我很賤。

我說「我很賤」，你別回我說：「我知道。」你不知道。我不是普通的賤。有一種慢性心理病症，叫「災難後創傷癥候群」。意思是人經過了天災地變，僥倖不死，但或因親友死難，哀痛難耐，或因瀕死未死，餘悸猶存，長期未得抒解，漸成心疾。有的，甚至有生理症狀。甚至自殘。自殺。很慘。像「九二一」，像「南亞海嘯」，死難者當然無辜，但活著的人也絕對不好過。這種災難後的創傷，要非常小心治療。

我也有「災難後創傷癥候」。但我不是災民。我也沒有親友死難。我甚至不怕死。我覺得在意外中死亡，對我，起碼還算種幸福。我的賤，是賤在沒災沒病沒死，卻怕災後的慈善。我怕得要死。

我也不小氣。我覺得。可是，我不富有。我賺多少，花多少。從小不聚財。可是，每次一到要表演慈善，對不起，不是「慈善表演」，是「表演慈善」，我就不由自主地發抖。很多人默默行善，善心、善行，我知道。那是人性最高貴的一面。可是，我知道，我看到，有些慈善，根本是戲嘛。沽名釣譽（藉機曝光、養望），慷人之慨（隱藏企業、私人節稅動機），甚至假行善之名，把誇富當誇善。這是我「恐懼的總和」。遠不如那些把畢生積蓄連便當盒一起捐了的老芋頭。那種人生瀟灑，眞是找不到字眼誇獎。

我覺得，有兩個原則，是各種災後慈善、捐獻活動裡，大家都裝聾作啞的。第一個，慈善、公益，都是個人的，不該拿來比較。捐一塊錢，跟捐一億元，都是自發的選擇。捐得多，超乎尋常的多，嗯，可以表揚一下。不過，不必對捐少的，投以異樣眼光。好像是譴責、施壓。這很容易搞出「不樂之捐」。簡單講，任何慈善之名的捐獻、表演都必須自動自發，不帶壓力。要眞正樂善、好施。量力而爲。你沒有比捐錢比你多的人低級，也沒有比捐錢比你少的人高級。

第二個，我更怕。我常看到義賣、義演。內容無奇不有。有人賣書，有人賣畫，捐版稅，捐表演收入。大家常常在「義」字當頭下卻步，對所賣、所演，流露毫無品管能力的溢美、濫評。明明是爛書、爛畫、爛歌、爛戲，都喪失了專業評鑑的勇氣。裡頭有種微妙的道德壓力：「不能批評，批評會害死更多人。」批評跟「義×」有關的一切，好像就是不義。

其實，有的假「義X」之名，行促銷之實，捐一分，賺九分，簡直像是趁火打劫的賊。

我這樣講，會不會很刺耳？可是，我是想解放你們的善念、義行。我很賤。可是，我賤得很自在。很快樂。我要你們也一樣。

塞車怎麼辦？

你有沒有塞過車？塞很久的那種。像春節收假，從南一路塞回台北。十幾個鐘頭那種。沒有？那就算了。那種痛苦你不會懂。

我在很多國家開過車。旅行時，我總是一下機場就租車。租車就開始瘋狂開，開個十多天，回家。可是，那種天天開，一天開十幾個小時的累，都不會比塞車累。簡單講，我覺得，正常開車開五小時，也不會比塞車塞一小時累。那不是累。那讓人有想死的衝動。那是好幾種刑罰一起執行。包括忍尿；禁食；每次要睡著，後頭的喇叭就會像鬧鐘一樣叫你起來；腰腿痠痛的程度跟你的年齡，還有車子大小有關。因爲對未來太不確定，你甚至不能看書，不能看報。你會陷入很複雜的狀況分析。你如果一個人，你可能會期待車上有同伴，那起碼有講話對象；你如果有伴，你可能寧可一個人。有伴的情況，讓你連在車上尿尿都沒辦法。塞車的感覺，說穿了，就是無助。尤其看見有人違規走路肩，而你卻不敢的時候，你會有被世界遺棄的感覺。

你有沒有在車上尿尿過？我不是說小時候。不是說包尿布。不是說遊覽車。我是說，你成年以後，開車，轎車，在車上，塞車，前不著村，後不著店，休息站也是一位難求，你有沒有在車上用塑膠袋尿尿過？我承認，我有。而且，不只一次。經驗可以談。我告訴你，你最好是把褲子脫到膝蓋，再對準袋口尿。你不聽，或急，只是拉下拉鏈，在駕駛座上坐著尿，我跟你說，不好，效果眞的不好。尿不乾淨，你回家得換洗褲子。就算你有脫褲子，我也建議你，稍微從椅子上站起來一點點，那比較乾淨。眞的，不蓋你。

好，只要你是一個人，或著同伴不介意，就好。不過，還一個動作，不能省略，就是檢查塑膠袋。這動作，無論如何都要做。要像檢查保險套一樣，先透光看，再吹氣，確定安全，再用。當然，最保險的方式，是兩層。而且，裡頭先放點吸水面紙，更好。我知道每個人車上都會準備幾個塑膠袋，不過，我的經驗，不要太信任便利商店的袋子，很容易漏。市場裝生鮮的那種紅白條紋塑膠袋效果反而好。

我前面講的，是假定你是男生，那是不幸中之大幸。如果你是女生，那對不起，尿路短，頻尿，這沒辦法。通常，如果塞到抓狂，兩腿麻花變形都還看不到出口，那就只好在路邊解決。這時候，只要你不是名人，那，我覺得也不必在意太多。不過，你需要一把傘。車上一定要有一把傘。蹲在傘後頭解決。我看過好幾回這種壯觀場面。大晴天，高速公路邊傘花朵朵開。每個傘花後頭，都有個若隱若現的白屁屁。我覺得，那是塞車時唯一有趣的場景。我如果是傘花後頭的某一位，我覺得，我會在乎的，是我的屁屁白不白，小褲褲漂不漂亮。

一袋子的尿，怎麼處理？如果你是好國民，那就下車丟。我不鼓勵你丟路上。倒不是國民生活須知的問題，而是，你並不知道你還會塞多久。除非你已經準備好另一個袋子，不然，這個袋子仍然是你身邊當下最重要的隨身物品。

「童綜合」小心！

這次邱小妹妹人球事件，我覺得，傷得最重的，當然是邱小妹妹。第二重的呢？不是馬英九。不是張衍。不是林致男。不是劉奇樺。是童綜合醫院。我替童綜合醫院非常擔心。我猜他們應該也開始擔心了。他們傷得太重了。而且，內傷。

梧棲，小地方。童綜合醫院，堅持說「我們不是小醫院」。好吧。這更糟。不管邱小妹妹治得怎樣，童綜合醫院不小心建立了一個台灣醫界的超高標準。一時，這會帶來如雷掌聲，但掌聲過後，就累了。

童綜合醫院一夜之間，成為全國最大的醫院。以前，刀槍傷，送「慶生」。以後，疑難雜症，全國各大醫院不敢醫、不願醫的，就送「童綜合醫院」。童綜合醫院怎麼辦？收呀，怎辦？全國三十四家超級醫院都不收的，你都收了，其他case怎能不收？半夜台北急診都收了，其他case怎能不收？而且，更糟的是，每天透過媒體，大家都看到「童綜合醫院」仁心仁術，夙夜匪懈，絕無醫德顧慮，以後其他的case不只得收、得醫，態度、品質，還不能跟邱小妹妹差太多。你要是「童綜合醫院」，你會不會越想越害怕，怕到挫屎？

健保是強制的。你跑不掉。本來，大醫院看大病，小醫院看小病。為了怕大家一有病，全往大醫院跑，健保把醫院分級。分幾級你知道嗎？四級。最小的，基層診所。再來，地區醫院。再來區域醫院。最高級，是醫學中心。像仁愛醫院，就是區域醫院。不算小。但比台大、榮總、三總、長庚這種醫學中心的，小一級。仁愛如果說：「我沒辦法。」那就可以往上送，送到最高級。醫學中心如果沒辦法怎麼辦？以前，沒辦法也要想出辦法。上頭沒有更大的醫院了。

不過，現在有了。比醫學中心更高一級的，叫「童綜合醫院」。這種暴紅的感覺，大概像林志玲一樣，一開始，會飄飄然，覺得專業、形象都得到肯定，可是，如果心理準備不夠，後遺症很快會來。不只手足無措，這是人生常識：「譽之所至，謗亦隨之。」我看到暴紅的童綜合醫院，雖然肯定他們收治邱小妹妹，可是，以我這樣一個心軟、善良、憂鬱、善感的個性，我眞是替他們擔心。他們的危機，在治完邱小妹妹之後。

這很像行善的善人。善行一旦為外界得知，求助之人絡繹於途。可是，一旦超過善人的能力，求助之人不見得能體諒，反而會怪善人不公平、見死不救、欺世盜名，作秀。又彷彿模範生。模範生如果犯錯，處罰、批評一定特別重。「童綜合醫院」皮要繃緊一點。你是模範生，接下去，壞學生會來抓你小辮子。小心。要小心啊！

注：邱小妹經過十三天的搶救後，於一月二十三日宣布腦死，涉案的兩名醫生林志男及劉奇樺，依業務過失致死以及僞造文書罪提起公訴。

我是「聊天家」

我平常不太思考。上廁所時想比較多。

如果不是很急很急，我會在上廁所前給自己出題目。「今天上廁所的主題是……」然後才拉下褲子。我的哲學與人生，在馬桶上展開。

前幾天，我在馬桶上想一個問題：「我是什麼家？」這很困擾我。以前不覺得，最近好嚴重。有人是作家、音樂家、政治家，反正，每個人好像都自成一家。像李敖寫給女兒的書信集，說自己是「坐牢家」。以坐牢爲專業。我很慘。搞了半天，無「家」可歸。上媒體時，頭銜打著「資深媒體人」、「政治評論家」，我看了煩。那好浮濫。而且，大部分的資深媒體人，都不資深，大部分的評論，實在也是泛泛之論。我退出。我自己摘帽。

那天上廁所，收穫很大。我決定了，以後人家問我，我要說我是「聊天家」。就是聊天。我覺得最近這些年，不跑新聞，但每天對新聞整理得更勤，想得更多。然後，每天用文字聊天。用麥克風聊天。我跟我的讀者、聽眾聊天。那是快樂。

長時間以來，好長時間以來，我在《時報周刊》上，就用文字在聊天。和周刊的讀者聊天。隨便扯，有時扯嚴肅了，我自己也不喜歡。不過，這樣一扯，竟然扯了好多年。到底多少年？對不起，我忘了。我不是自戀的人。嘻嘻。因爲我自己的文章都不整理，只要一換電腦，就統統不見。也沒系統，也沒想要集結成書（我覺得不值得），所以，常常講完、寫完，就忘了。大概寫了五、六年了吧。應該是周刊專欄的超級「老賊」。不過，我該「死」了。這是最後一次在這裡聊天了。我每天寫周刊，都是用聊天的心情和口吻。文字極力放輕。這一篇，還是聊，不過，算是「老賊」給周刊讀者的「遺書」。「遺聊」。

說實在，我看著我旁邊的欄位來來去去，起碼一、兩打了吧。有的，熟爛了。有的，生到跟讀者的感覺差不多。有的，用筆名，說眞的，我也不知道誰是誰。最近來的，像謝震武，我的老戰友。早一點的，像伊格爾，還是外國人。怪怪。稿費不多，大家還寫得挺來勁兒。證明《時報周刊》是個號兒。不過，這不管。我只是有點濫情，有點感傷。畢竟，五、六年，比我曾有過的任何一段愛情都長命。如果要說有什麼「遺言」，我要說，我在這個專欄，從其他欄主得到的，比稿費更多。謝謝。嘻嘻。

聊天很難。我覺得。用文字聊天更難。我是努力想做到「人人意中所有，人人筆下所無」

的境界。不過，還沒。還可以繼續聊。在聊天的世界裡繼續深造。這些年，我也不知道有誰在讀這個欄。偶而聽張國立說：「不錯。好像有人看！」我也不知道那是不是肯定。反正，如果你有看，那跟你說再見。如果你沒看，那只證明我確實到了寫「遺書」的時候。後會有期，我親愛的讀者們。我是「聊天家」唐湘龍。

麻心的朋友

我有個同業，以前也同事，叫梁東屏。他現在是《中國時報》駐東南亞特派員。

很多人覺得唐湘龍寫東東已經夠白話，批評起政治人物已經夠狠。其實，如果跟梁東屏比，那很有拚。我也不一定輸他啦，不過，要說贏他多少？我這麼一個凡事驕傲的人，也不太敢講。他也是個狠角色。你如果常看《中國時報》或《晚報》就知道了。

他長期駐外。其實，根本算是外國人。原本駐美。主要在紐約。然後調東南亞。先是駐點新加坡，當然，那是東南亞最繁榮的地方。可是，待了五六年，他自己覺得乏味，最近，他自己把駐點移到曼谷去了。他怎麼去的？騎摩托車去的。你能想像如何從新加坡騎兩輪到泰國嗎？尤其馬來西亞、泰國南部都有游擊隊、土匪，狀況很多，可是，他就這樣去。當然，現在平安。

他五十出頭了吧？女兒都好大了。資歷，那比我深太多。不過，你可千萬別以爲他是那種肉胸大腹的中年男人。錯了。他是個老酷哥。他留鬍子，還打耳洞，一打還好多個。然後，騎車嘛，皮衣皮褲免不了。年紀明明還大我一輪，可是就是來勁兒。媽的，我猜一定還有很多眼睛脫窗的小女生，看著他流口水。

我只見過他兩次吧。雖然常常在廣播節目裡訪問他，東扯西扯，久了，覺得很熟。其實，我對他的貼身印象，除了他自己寫他怎麼騎車、怎麼跟新加坡妓女建立「特殊的性與性的關係」之外，就是多年前過境紐約的一個夜晚，那時我還小，跟著這些老大哥晃，在蘇荷區東走西走，聽他說朱利安尼如何把紐約治安搞到晚上能逛街。大家都知道，唐湘龍是一個很保守、很含蓄、內斂，洋溢著淳樸中國男性氣質的人，眼前一個老酷哥，簡直像個嬉皮藝人。我震撼很大。我心裡嘀咕：「駐外記者都像梁東屏那麼性格嗎？」當然不是。之後我跑過的國家，見過的外地同業越來越多，我知道不是。不過，也因此知道梁東屏這卡，眞特別。那一夜，是我對紐約印象最好的一夜。之後去紐約，下大雪、車拋錨，怪了，沒一次順過。

他其實也偶而回來台灣。不過，就是沒碰頭。這跟我個性自閉有關。不過，讀他文章，聽他斬釘截鐵戳破政治人物的唬爛，即使我自己也是個評論人，還是愛看，還是叫好、叫爽、叫春。像他上禮拜寫了篇小欄，標題〈想吐〉，靠，點閱率高得嚇死人，硬把我在旁邊的欄給比了下去。〈想吐〉是在批呂秀蓮。呂秀蓮到現在還在關門硬拗她訪問印尼是多偉大、多成功的突破。爲這事兒，我訪問過梁東屏好多次，他從不留情，痛批呂秀蓮爲了一己之私，斷光了台灣在東南亞的外交後路，他罵「無恥」，他說聽了「想吐」，呂秀蓮如果不告他，那對《新新聞》就太不公平了。

其實，我有很多這種我自己以爲熟的朋友。見面不多。可是，一聊起來，覺得好像三代世交似的。這種不常見，卻覺得熟的，多半是因爲他們有些令我心儀的特質。像現在爆紅的劉黎兒，像嫁給英國人，順便駐歐的江靜玲，像「給我報報」的李巨源，都是駐外記者，這是我工作中最讓我想到就心裡麻麻的部分。覺得「無友不如己者」。在不如朋友這檔事兒上，我甘之如飴。聊起來，吃味歸吃味，更多的，是沾親帶故的小驕傲。

請阿扁少量閱讀

書展剛辦完。這是年度出版大事。每年元宵前後，出版業來掃壓歲錢。不過，反正是雅事兒，總比大夥兒把錢砸進水裡好。這種事兒，沒辦法不鼓勵。

書展今年是「韓國年」。英文不用講啦，大家比較能接受，翻譯也多，也快。英文以外，大家對日文接受度也高。這跟整個文化的接納有關。哈日，哈的不只是日本明星、服飾、戲劇、漫畫、飲食、旅遊，其實，眞正哈，可能還得哈他們的出版，以及出版品裡面的哲學，與價值。起碼，我對日本文化的接受度是高的。日本的知名作家，老的、死的、有名的、當紅的，大概都還熟幾個。我一直覺得，東方，只有日本、印度有哲學。中國，是倫理學當道。對人性、人生的思考不深。在日本的價值觀裡遊走，比較容易有被電到的感覺。

我講得很淺啦。重點是說，我對韓國不了解。我只在觀察，我們曾經在通俗領域裡的哈日項目，現在，都在韓國身上一一體現。現在只剩出版了。而出版品也是最大的考驗。如果連出版品都能成為風潮，我會接受一個事實，韓國確實已經在文化面向具有絕對優勢。不過，這點我是有點懷疑。光從我看日劇跟韓劇的感覺。我覺得，就是差一截。一大截。不是戲劇技巧、元素的問題，而是通俗戲劇裡流露出來的文化底子。韓國，沒有哲學家。一個沒有哲學家的民族，很難談文化深度。

不過，嘻嘻。韓國如果沒有，台灣更沒有啦。台灣，唉，怎麼講哩？只要是通俗，就眞的有夠俗。俗斃了。整個社會，沒有一種可以讓人想深深追求的氣質。韓國，人家的經濟、旅遊、體育、戲劇、飲食，都已經有全球形象。台灣哩？這樣講，民粹之子們可能又會說我唱衰台灣。說其實韓國也沒那麼厲害，台灣其實如何如何。啊，這種話，我碰到外國人的時候也會講啦。可是，關門講話的時候，我不會這樣打手槍過日子啦。台灣這幾年，眞的是靠打手槍、吸安非他命爽過來的。講個白一點的，喂，人家韓劇收視率已經在日本屢創新高了。台灣哩？台灣什麼時候能有一齣像樣點的戲，放個屁給日本鬼子聞香？

我不是很看好韓國出版品在台灣的市場。跟日本差很多。不過，看到阿扁總統參加書展開幕，為書展造勢。我實在也覺得沒力。阿扁說要鼓勵大家「做大量的閱讀」。唉，這話聽起來有點像老師說的。阿扁如果平常是個大量閱讀的人，那這樣講，好辦。但阿扁沒那種形象。每次掉書袋，都掉得很硬，很冷。一聽就知道是別人塞進他嘴裡的話。我聽完，眞想鼓勵阿扁「做小量閱讀」。小量就夠了。不敢求多。像小布希就職典禮，一口氣文謅謅講了二十七次自由。震驚西方世界。搞了半天，是因爲最近終於讀了一本以色列作家的書。唉，閩南語說：「不識字又不衛生。」不讀書，很難裝的。

我把老張罵瘋了

前兩天，我把老張罵了一頓。眞是太不像話了。公司股價跌成這樣。我還偷偷錄了音。晚上跟朋友喝酒，把這一段放他們聽。朋友勸我消氣，不要這麼不給老張面子。好歹他是董事長。公司還是要繼續靠他。

其實，不只老張。最近天氣熱，我也有點浮躁。成天想罵人。我還罵了老郭。老曹。老×。一缸子。他們個個被我罵傻了。有的，像老張、老郭，都動了肝火，當場跟我槓起來，有的，可能當我是瘋子，根本聽不懂我在罵什麼，敷衍我，隨便聽罵個五分鐘、十分鐘，感謝指教，繼續努力。

其實我也不是修養差。也不見得是他們做得的差。嚴格講，他們做得眞是沒話說。可是，越是這樣，我就越要罵他們。「愛之深，責之切」嘛，我就是怕他驕傲，你知道嗎？不可以這樣。而且，話說回來，平常我也都放任他們，不太過問他們什麼。通常也就這個時候，他們會來跟我報告一下這一年公司經營的情況，真做得好，我也會當眾肯定他們，但如果做得不夠好，我也絕不嘴軟，該講的，我一定講。你如果像我一樣就知道，有這麼多企業要管，專業之外，心絕不能軟。

我說的老張，叫張忠謀。別當是「全民亂講」湊人頭，對，就是做晶圓代工那個。我告訴你們，我罵他們，都錄音，有的還上了新聞，我就剪報。我都留下來。開玩笑，我把這些董事長罵瘋了，罵傻了，活著，驕其妻妾；死了，傳諸子孫。讓他們與有榮焉，知道張×謀、郭×銘、曹×誠，什麼產業老頭，在我面前，都乖得像隻兔子。不要說經濟部長，就算是總統也沒這種膽子這樣跟他們說話。你就曉得我的分量。

「你不認識我？」沒關係。我不怪你。其實，老張、老郭他們也不認識我。那我憑什麼罵他們？開玩笑，我是股東呀。我投資了台積電。我投資多少錢？好吧，老實告訴你，十多萬。幾年前，我買了一張。後來被套住了。上不去，我也賣了。只剩下一點零股。台積電、鴻海、聯電，什麼大公司的股東名冊上都有我的名字。我最大的樂趣，除了領紀念品，就是每年趁股東會來「練肖話」，拿著報紙照罵一通。

「這有什麼意義？」說實在的，這就很難講了。我有幾個跟我一樣，一年見一次面的朋友，一般來說，都覺得這種方式有心理修補的效果。平常講話誰聽哪？就這個時候，覺得

「天下英雄，唯使君與操爾！」爽！

很多大老闆，對社會穩定很有幫助。產業分類如果有困難，其實，也可以歸爲慈善事業。想把老張罵到狂買庫藏股嗎？跟著我來。明年見。

我也想自殺，真的

我看到簡士涵自殺的新聞，很難過。

我不認識他。他也不認識我。我自己都想自殺，就算認識，我也沒辦法幫什麼忙。大部分的人，都非常擅長輔導別人。我不行。我把所有的話，都掏肝掏肺在媒體講完了。一離開媒體，我就是個啞巴。

簡士涵是台大學生。獸醫系。好幾個社團負責人。父親是宜蘭縣農業局長。看模樣，長得也起碼比我帥十倍。我都沒死，他倒先死，這叫我怎麼好意思活下去？遺書說自己的表達能力不好，人際關係有問題，講到這裡，更讓我想跟他一起去算了。我講過，我承認，我結巴。講話不輪轉。現在還敢講，以前給巴得更厲害。老被笑。不只這樣，以前，我連文章都寫不好。作文分數都不高。普普。老師對我也沒什麼信心，叫我畢業以後不要找跟文書還有講話有關的工作。沒想到，我這不要臉的東西，堅持當記者，竟然也當了這麼多年。

因爲我講開了，也就不介意人家說了。結巴就結巴嘛，口吃就口吃嘛，我就是要講。起碼，對著麥克風講。我也堅持要寫。照自己的方式寫。自己的口氣寫。寫了幾年，竟然也成了一點小風格。好吧，走到這裡，我覺得對得起自己了。死而無憾。

我看到台大方面說，每年新生裡頭，差不多有百分之十二，四百人左右，有輕重不等的自殺傾向。我也是台大畢業的。這樣我如果想自殺，應該更符合條件了吧。「有沒有過自殺想法？」有。「這半年有沒有？」有。「有沒有眞正自殺過？」呃，嗯，啊，還沒。「爲什麼？」我想知道我可以把人生搞爛到什麼地步？嘻嘻。這答案很「眞誠」吧。我不用掛出來，也比扁宋會「眞誠」吧。自殺的原因千奇百怪，像簡士涵說的人際關係，也是一個。覺得沒有朋友。覺得不受人歡迎。很多人痛苦這個。

我不是要替簡士涵可惜。可是，我覺得，簡士涵是教育體系下的受害者。我一直不懂：人爲什麼要這麼努力受人歡迎？當然，如果你天生就是樂觀、開朗、甜美、和善，萬千寵愛在一身，那恭喜你。你就是受歡迎。我的意思是說，如果沒有這些內外在、先後天條件，我們是不是也一定要努力把自己訓練成一個「受歡迎」的人。我總懷疑：受歡迎，算不算是一個非追求不可的人生目標？

我幹記者。我常跟想進這行的年輕人說，這行，我覺得，除了專業要求，最重要的心理素質，我覺得是「禁得起別人討厭」。想當「萬人迷」的，千萬別來。學校裡的「模範生心態」最不適合記者這行。你要講眞話，不徇私不怕得罪人，尤其不應該藉著自己的權力討好特定人。

我本來想跟簡士涵說，「不受歡迎」沒關係。能自得其樂最重要。你幹不了政客，可是，你可以當記者。監察委員。或是法官。不過，來不及了。這篇，給其他覺得自己不夠受別人歡迎的年輕人看吧。

弄破處女膜要賠嗎？

剛看到那條新聞的時候，我好高興。我無罪了。我無罪了。感謝上帝，感謝法官，我無罪了。謝謝你們。

不只我無罪。我要告訴天底下每一個男人，你們都無罪了。如果你們曾經把別人的處女膜弄破。那恭喜你。我說恭喜，不是恭喜你碰到了處女。我是恭喜你可以走出那種「你要負責」的陰影。弄破處女膜是無罪的。那條新聞是這樣寫的。我覺得對呀。弄破處女膜是無罪的。本來就無罪呀。如果有罪，我擔心以後處女膜都沒有人會去弄破它。那，那，那……那其實也頂麻煩的。

那是去年的一條新聞。一位三十出頭的婦女。不是婦。只是女。因爲她還是處女。她去看婦產科。結果，醫師給她內診，鴨嘴器一用，後來，病好了沒有，沒人關心，問題是，處女膜破了。這位女生很氣，去告醫生。說是誤診。醫療疏失。結果，官司打好久，上禮拜一審裁定。法官竟然判無罪。當然，這位沒有性經驗，處女膜破得莫名其妙的女生，一定火，十九要上訴。

只看標題，不看內容，「弄破處女膜，醫師判無罪」。心想，嗯，當醫生眞是有特權，一樣性行爲，爲什麼一般男人要背負一輩子的責任，甚至後悔自己一時衝動，爲什麼醫生就沒事？後來仔細看，才知道是醫療行爲。醫師還是個女的。這就有點那個。我覺得要討論一下。

是這樣的。我覺得，男人只要不是強暴、脅迫，對方不是未成年，弄破人家處女膜，其實，無罪。那處女膜本來就是要讓男人弄破的。只要那男人是妳挑的，女人更無罪。那玩意兒不是要證明妳是不是原裝貨。妳的價值、品級，也跟那塊膜無關。說實在的，如果妳三十歲，處女膜還在，我也覺得蠻不幸的。我幫不上忙，可是，我祝福妳早日失身，越快越好。不然，眞是太慘了。千萬不要灌輸男人那種「有功無賞，弄破要賠」的貞操觀。妳們不懂，男人一輩子困在裡頭，又想做好，又怕弄破，最怕的，就是弄破了，又沒做好，那眞是比死還難過。眞的，相信我，我上半身還是男人，我了解。男人如果做得好，妳要鼓勵。做不好，妳更要鼓勵。破不破？算了吧。那眞的不是重點。用阿扁的話講：「嘸你是嘜安哪？」

不過，如果處女膜不是在性行爲中弄破的，那我就覺得有點那個了。法官認定那個女生同意內診。這我不知道，我猜是沒有。不然不會氣成這樣。不然，就是對「內診」的定義有差距，不知道內診一定會弄破處女膜。男人，像唐湘龍這種男人，一輩子活在弄破人家處女膜的陰影裡，當然是堅決反對「處女情結」的。可是，話說回來，如果女性就是有這種情結，我還是尊重。畢竟，這年頭，沙豬男人還是多呀。了解崇拜原裝幼齒的情色市場，就知道男人的貞操是每天起床重新計算，保鮮期二十四小時。可是，對女人那薄薄的一片，還是計較得要死。那個女生在意「處女標誌」，我覺得是她的權利。應該尊重人家。不能用一種「哎唷，早晚還不是會破，有什麼關係」的態度。我覺得，媒體在處理這新聞的時候，已經流露出一種對這位原告的好奇，想知道，怎麼會有人三十幾了還是處女。

你是男人嗎？你，老實說，有沒有弄破過人家處女膜？說。如果你是醫生，那對不起，我覺得你太不小心了。如果你不是，那我只在乎你做得好不好，其他的，恭喜恭喜。無罪無罪。

向青春投降

明年（二〇〇五）是民歌三十年。今年，不只，去年，很多民歌回顧展、演唱會，就一攤一攤辦。畢竟，民歌是眞正台灣戰後新的音樂類型。比較本土。既不中國，也不台灣，是台灣流行音樂的新標記。在民歌之名下，台灣流行樂走出非常大的天空。到現在爲止，台灣仍然是華人音樂的創作母艦。台灣的藝人、歌手、創作者，沒受到政治太大影響，仍然叱吒風雲。

我不是這方面的專家。聽音樂，我很業餘。我喜歡大家都喜歡的歌手、創作者。像李宗盛、蔡琴、潘越雲。我還特別喜歡萬芳、或是趙詠華，那就講不出什麼道理。眞的是胃口。不過，那不是重點，我也不是追星族。我要說的是，我知道梁弘志，但一直沒有意識到梁弘志的重要。一直到他病重。

這有點尷尬。我也了解人生有時就有點「不死不知道」的怪。特別是藝文領域裡，不到了「總結時刻」，往往看不出一個人竟然是一個時代的關鍵。像李宗盛、羅大佑、伍佰，這種都幸運，他們得到了他們應得的名聲，而且活得好好的。不過，有些人，像梁弘志，他對一個世代的影響，他的重要，幾乎成爲他的「謚號」。像個皇帝。死後給個適當的時代位置。不過，梁弘志的「謚號」裡的肯定，沒有一點溢美。我不喜歡中國人那種人不到死，捨不得讚美，或是人死了，就溢美。不成比例。有的，太輕；有的，太重。像那個車禍過世的「名模」。是，年輕；是，貌美；是，可惜；是，模特兒。可是，談不上「名模」吧。看著各家媒體爲了炒新聞，極力給她與生前不符的名分，這實在也沒意思。「名」，太浮濫了。

梁弘志做了太多歌。那些歌，在跨四、五、六年級的點歌簿上，幾乎壟斷。像〈恰似你的溫柔〉、〈請跟我來〉這種近乎一個世代共同語言的歌曲，簡直沒有退流行過。幾個月前，因爲《時報》跟中山堂合辦了一系列「向民歌手致敬」的活動，我也開始注意起民歌的回浪。我後來聽了幾場民歌演唱，幾乎都以向梁弘志致敬、祈福爲名。這個時候，才能理解，梁弘志幾乎代表了民歌。那麼多歌手都因他的歌而紅。紅了之後，卻沒有多少人知道那歌跟梁弘志是什麼關係。我注意演唱會的會場，歌手唱得當然還是賣力、渾身解數，可是，觀眾反應就是跟熱門的流行歌手不一樣。觀眾，比紅包場當然年輕得多，但也都有點年紀。看得出大部分都是四、五、六年級的上班族或主婦。唱得好，也不會很high，但也不是不投入。演唱時，好一點的，跟著哼哼，打打拍子，更多的，是姿勢各異，眼神投射到各自不同的方向。

嚴格講，眼神是投射到各自不同的過去。各自在歌聲裡進入時光隧道。各自回憶。那場景，我越看越有意思。就越發覺得所謂民歌，雖然到後期有點無病呻吟，搔不到癢處，但民歌確實是一個世代既集體又個人的記憶。而這個世代，正是台灣社會的主流階層。

很久沒到KTV去了，才發現，竟然有五、六年級熱門點歌頁。裡面的歌，對，確實都是我熟得要死的。裡面好多梁弘志的歌。我想突破一下自己，拒絕自己被這麼簡單歸類到「這一頁」。不過，我很快就放棄了。我是屬於梁弘志給我的那個年代的。梁弘志的過世，讓我從精神上向青春投降。

注：梁弘志，一九五七年生，畢業於世界新聞專科學校，曾創作出無數膾炙人口的流行歌曲，包括〈恰似你的溫柔〉、〈抉擇〉、〈請跟我來〉、〈讀你〉、〈化裝舞會〉、〈驛動的心〉、〈半夢半醒之間〉等，二〇〇四年十月三十日因胰臟癌病逝台北三軍總醫院，得年四十七歲。

犯罪靠右走

這件事兒憋在我肚子裡也不是一天兩天了。今天是個機會，一次說了。是啦，你們一定覺得：媽的，這個屎唐湘龍，肚子裡憋著的東西眞多，憋不住的更多，怎麼拉都拉不完。對，我就是老覺得一肚子大便，不拉不快。大便不空，誓不成佛。就醬子。謝謝。

我是看了上禮拜的一條社會新聞，說南部有兩個少年郎，喝酒喝到天光，一時興起，拿起機車大鎖，一路打人。挨打的，都是在上學路上的小學生、國中生。眞他媽的，乖乖上學都有事。一大早就有神經病。十多個被打的，少不得皮開肉綻。好笑的是，打得正順手，怎麼突然不打了？原來，其中一個少年郎，竟然發現打到了自己的弟弟。嘻嘻。嘻嘻嘻。嘻嘻嘻嘻。我不是笑那個上學的弟弟，是那個混蛋哥哥。活該要被抓包。

唐湘龍是個見微知著、關懷社會的好人。總是在光怪陸離、沒有頭緒的新聞堆裡尋找社會進步的原動力。那個阿基米德、愛迪生似的熱情，不知道感動過多少人？好，言歸正傳。今天，我要講的主題是：爲什麼這兩個抓去塡海造陸都不會有人難過的小混球，可以連打十幾個人？

我覺得，犯罪是靠右走的。如果行人靠左走，馬路上的犯罪率，甚至意外事故，都會降低很多。

這應該是常識。我不懂，爲什麼馬路上，車，靠右走，人，也要靠右走。車、人都靠右，車都從人的後頭來，不管是來撞人、搶人、打人，人都看不到。如果車靠右，人靠左走，除非車子逆向，不然，車子一定是迎面而來，這對行人來說，不管是要看車、閃車、攔車、搭車，不只方便，而且安全。明明又方便、又安全、又科學的事兒，就是沒辦法變成規則。這種小聰明，唐湘龍這肥頭豬腦袋，小學就想過了，爲什麼就是沒人改？

這就是政策的僵固性。錯的、不好的、不科學的政策，不見得會有人想改。如果行人靠左、車靠右，那些二早被大鎖「ㄇㄠ」的小朋友，說不定可以逃過一劫。起碼，第一個被「ㄇㄠ」，後面的也會跑。不至於一個又一個，都從後頭被打得莫名其妙。

是啦，你們可能會說：「啊，有哪麼嚴重嗎？」我問你們：如果今天被「ㄇㄠ」的是你們的小孩哩？如果今天不是用大鎖，是潑硫酸哩？講重點嘛，好不？我要說的是：行人就靠左走就是了，就這麼簡單嘛。除非你眼睛長在後腦勺上。或者，倒著走路。

眞不懂，這麼多年，人走在路上，還是得提防後面看不到的狀況。交通部是幹嘛吃的，改個政策，宣導一下，有這麼難嗎？再不改，小心下回我拿大鎖去「ㄇㄠ」你！

給「鈴木健雄」

快樂的新聞實在少。有的，又實在裝可愛。不是搞笑，就是肉麻。一年難得看見一兩條讓我真的開懷大笑，笑到五臟六腑都會震的新聞。前幾天，好不容易碰到一條。

是溫翠蘋。呃？也不對。不是這樣講。新聞是跟她有關。可是，好笑的不是這部分。溫翠蘋怎麼會好笑哩？她是好看。當然，看起來也好傻。洗溫泉被偷拍，說不知道。去拍減肥食品，被出賣，也說不知道。我也不知道她是眞傻，還是假傻，反正聽起來就是不可思議。不過，最不可思議，是那個日本養蜂達人。鈴木健雄。

嘻嘻。嘻嘻嘻。對不起。你們知道了，他其實是個台灣人。嘉義人。媒體抓包，還去他家拍他跟老婆騎「歐豆賣」要逃命的畫面，嘻嘻，嘻嘻嘻，眞是……。

台灣的外來語越來越多。也不是壞事。販賣一點西洋味兒、東洋味兒，反正，廣告裡夾兩句洋文兒、日文兒，怪怪，格調馬上就不一樣。是真是假，有誰會去查證。這陣子，流行起「達人」。「達人」大概就是很成功、很有名、很權威的人的意思。「××達人」，到處都是。「己欲立而立人，己欲達而達人」。達人也算俗名。結果，我幾個叫「達人」的朋友，最近都爆紅得莫名其妙。可是，太天才了，那廣告，播的時候，我沒看到，新聞出來我才知道。竟然作假作到這種地步。那個養蜂達人鈴木健雄（對不起，我根本不想記他本名），鏡頭上，還真是日本哩。還有假的日本雜誌專訪哩。還封面故事哩。還到日本做街坊哩。嫁過日本老公的溫翠蘋竟然說他不知道他不是日本人哩。真是我哩……這還不叫不實廣告啊？溫翠蘋的身材聽說如假包換，其他的，我看沒一樣真的。那不只不實，根本是詐欺。

廣告賣初蜂乳。講得當然跟仙丹一樣。跟「達人」一樣，最近也超流行「初乳」。這有點幼齒意識。好像第一次都是好的。卡補。我也不知道真的假的。反正，廣告就要讓人家產生一種：你看，溫翠蘋就是喝這個，才會變成那個。減肥、美容、養生，只差壯陽、增高沒講。我算夠雞婆的人。這些年來，看著廣告代言越來越離譜，我已經不知道講過多少回。社論也寫了。廣播也罵了。電視新聞裡也談了。就是提醒藝人，要善用，也要小心自己的知名度。不能每次出了事兒，擺出一臉比受騙消費者更無辜的臉。拜託，消費者是花錢的冤大頭，你們可是收了白花花的銀子。哪裡一樣？

不過，話說回來，我現在關心的，是那個跑路中的「養蜂達人」怎麼辦呢？唉，就算唐湘龍做壞事吧。教教鈴木健雄先生怎麼脫罪。鈴木先生，SUZUKI先生，你有在看《時報周刊》嗎？聽好，你如果被逮了，警察、法官問起你，你要說三句話：第一、我是台灣人，也是日本人。第二、杜正勝告訴我們，小時候講的國語是什麼，就是哪一國人。我七十歲，受日本教育，當然是日本人。第三、如果有任何疑問，請比照岩里正男辦理。嘻嘻。「岩里政男是誰？」阿輝伯啦。李登輝啦。說「台灣不是中國的」。可是，「釣魚台是日本的」那個啦。懂沒？鈴木健雄先生。

我很無聊對不對？扯來扯去都會扯到政治。對。我是無聊。再無聊也比你們去吃「養蜂達人」的初蜂乳好吧？嘻嘻。嘻嘻嘻。咬我呀。

他鄉遇立委

體委會讓選手坐經濟艙，讓立委坐商務艙，這有什麼好奇怪的？少在那邊唱高調。你如果當體委會主委，我就不信你不這樣幹。鐵定的啦。還有，你如果當立委，我就不信你會有多少廉恥，懂得不要反客爲主，選手至上。馬後砲，人吃米粉你喊燒，這誰不會？眞有那種特權時，才能測人性。我們的官員、委員，都嘛很人性。特權？那是一定要的啦。媽媽都有講。不過，我也要講。

現在放暑假。有暑假的職業很少的啦。學生、教師之外，只有委員了。委員放暑假，當然更要安排點樂子。你以爲現在媒體多，盯得兇，這些鬼就會怕了？鬼？暑假嘛，農曆七月嘛，本來就是好兄弟出遊的季節，見鬼有什麼稀奇，比平常還多哩。國會，都編有考察預算。這是法定預算。不消化，對得起國家人民。但對不起自己。考察，都嘛係「摸蛤仔兼洗褲」。回來也不用交報告。然後，走遍世界各地，都有駐外人員招呼。吃喝外館請，接送機還兼地陪。要走還一定有「伴手」。那一定是很豐富、很順利的啦。

暑假期間，在外旅遊，要非常小心。只要稍微不小心，你就會看見鬼。噢，我是說看見咱們的委員啦。我有兩次在國外見鬼的經驗。兩次都是自助旅行。一次在德國。啊，在一個古城堡的餐廳，城堡在山丘上，視野好極了，心情棒呆了，時間又是黃昏，一切完美，我正要吃超難吃的德國食物，突然，聽見一群講國語的蜜蜂飛進來。正在心想，糟，這種高檔地方，竟然有團客，心情跌到山丘下，眼睛不情願掃了一下，怪怪，近十個，每個我都認識，遠遠地看他們，惡形惡狀倒沒有，不過，我知道，這是國會年度最重要議程：出國考察。還一回，在匈牙利，布達佩斯。周末，一早，我背著大大登山包，裝落魄，裝漂泊，一臉落腮鬍出門做citytour，正在聽街頭藝人表演聽得入神，糟，講國語的蜜蜂又飛來了。這是在戶外，也沒什麼團不團的問題。我不知道是不是自助旅行的人都非常不喜歡聽見母語，一聽見母語，就覺得自己還在台灣，好像還沒出國。反正，我照例瞄一下這群蜜蜂，喲，怪了，每一個我也都認識，也是委員。我心想，唉，怎麼我在國內遇到他們的次數還沒有國外多哩？

在國外旅遊，請注意安全，和委員。謝謝。

好啦。話說回來，這種「合法出遊」還算好。別以爲幹委員的就這樣。私的開完了，繼續開公的。反正，行政部門要顧預算，公關人情要順勢做，像奧運這種時候，時間熱門，地點又棒，搞幾個怪名目，讓委員出去爽爽，只要不被媒體逮，船過水無痕，也沒人會認眞追究。而且，知道嗎？這種「開公的」旅遊，絕對比委員「開私的」旅遊豪華。

你知道自己去看奧運要多少錢嗎？告訴你，半套陽春型（看不到決賽），九萬，全套豪華型，十八萬。如果你花錢去看奧運，結果在雅典遇到體委會招待來的鬼，你會不會很幹？而且，國內在開臨時會，他們額外還領加班費哩。你能怎樣？

注：多名立委在立院召開修憲臨時會期間，以「二〇〇四雅典奧運參訪團」名義接受體委會招待，搭乘頭等艙赴雅典「考察」，引發爭議。

張藝謀加油

我去看了《十面埋伏》。就是章子怡、劉德華、金城武演的那個。張藝謀導戲。

《英雄》我也有看。可是，《英雄》討論太多，又太政治，唐湘龍又是個政治動物，捲得太深，看到後來，庖丁解牛一樣，只看到筋骨，不見牛肉。你知道嗎？你知道你有多幸福嗎？你知道像唐湘龍這種人有多痛苦、多可憐嗎？一遇到政治、經濟、社會、軍事、文化、八卦，馬上都得裝出一副好像很懂的樣子。裝大師。其實，懂？懂個屁咧。皮毛啦。我多希望就那麼單純地看電影。

《十面埋伏》，聽說賣座比不上英雄。我有點納悶。我想，是因爲不夠政治化的關係。你看，知道了吧？政治動物不是只有我一個吧？太多了。政治會把很多瘋子帶進電影院。《十面埋伏》比較沒那麼政治，很多人大概當一般武俠片看。武俠片，那就是國片囉。那就隨便囉。那看的就是「遜卡」囉。其實，我覺得，《十面埋伏》很好看。

拿一個專欄談一部電影，好像有點在騙稿費。呔！當然是有點這樣的味道。可是，不是這麼簡單啦。我也不是說《十面埋伏》好到沒話說，可是，如果不是雞蛋裡挑骨頭，我覺得張藝謀的功力又往前推了一大步。畫面漂亮，場面浩大，不用講，每一格片子，幾乎都可以當明信片。以前覺得那匠氣、刻意。可是，現在我覺得，那不容易。張藝謀把《大紅燈籠高高掛》那種視覺美學發揮到了極點。而且，電影嘛，本來就是視覺掛帥，要商業，要賺錢，把視覺經營到舒服，舒服到目瞪口呆有什麼不對？我覺得張藝謀做到了這一點。

以前看華語商業片，最常遇到的問題，就是禁不起嚴肅。劇本爛，只顧煽情，過場混戲，一分析，到處的不合邏輯。不過，《十面埋伏》不會。《十面埋伏》在愛情的鋪陳裡，雖然也有它的老套，不過，劇情主線、支線都搭得上線。不會人一出戲院，越想越不對。

那，有什麼不好？有。我覺得，這片子，還是只紅了章子怡。又被這小妮子撿盡了便宜。劉德華呢？我不知道他爲什麼接這片子？眞的，古裝的《無間道》嘛。內心戲？演得不入骨；賣偶像，又失去了調皮，戲分有限。除了一開場，和章子怡那段「仙人指路」遊戲，幾乎都是男配角，轉骨還沒轉過去。「那男主角是誰？」當然是金城武囉。那金城武演得好囉？呃，演得好、好好笑。不要說什麼對白怎樣古龍、拗口，我覺得那不是問題。我覺得，金城武的演技，接近《臥虎藏龍》裡的「半天雲」。張震。一張桌子，三隻腳，平衡老往他那兒丟。幸好，全戲武打動作太棒了。眞的，不管是花田裡、竹林裡，武場設計棒到你會覺得演員演技好壞已經不重要了。

這片子，娛樂效果很夠啦。我覺得，張藝謀把武俠片帶到一個新典範的極致了。不過，可惜的是，這個典範，是李安開的。李安的《臥虎藏龍》開了武俠片的新典範。《英雄》、《十面埋伏》都沒有走出那個主調。張藝謀不知道發現沒有，他一直想擺脫李安，不過，還沒有成功。

從「5566」談起

嗯，各位大哥大姊、大娘大嬸，我先告個罪，今天我要談的主題是：「公益是一種義務嗎？是強迫性的勞動服務嗎？」

這樣講還很花。我說白了，我是想談一下「5566」。我不認識他們。我老。對。可是，我知道他們最近兩年很紅火。偶像團體。幾個帥帥小男生，迷死一堆小女生、老女人。我不羨慕他們。眞的。我也有我的粉絲。女的。我隨便數，也數得出十來個。市場買菜常碰到。她們都很理性。不會尖叫。她們看到我大部分都說一樣的話：「哇，唐先生，你本人比電視好看哩！」就走了。

我是一個這麼沒有嫉妒心的人。雖然人家比我紅、比我帥、比我像人，我都樂觀其成。還幫他們說話。我看到「5566」去看「歡呼兒」的事情。「歡呼兒」很可憐。可是，我覺得，「5566」也很可憐。我覺得他們好像是被迫的一樣。

事情經過你們大概都知道了。簡單講是這樣，「歡呼兒」是罕見疾病。長期靠呼吸器維生。誰看了誰都不忍。雖然身體不便，生命像隨時會熄滅的燭火，但孩子們意識清楚，也有自己的偶像。正常孩子喜歡的，他們都喜歡。他們喜歡「5566」，很想看看他們，可是，他們不能去聽演唱，去追星。所以，相關團體就希望「5566」能去醫院看他們。結果，聯絡了很久，都沒下文。然後，新聞就出來了。

新聞怎麼出來的？我不知道。但媒體一開始的報導，就充滿了對「5566」施壓的味道。很有「5566」沒愛心，紅到連「歡呼兒」一個小小願望都不理會。「5566」從經紀人到團員都喊冤。說是聯繫上的問題。新聞鬧了兩天，看也知道，「5566」不可能不去了。果然，過沒幾天，就看到「5566」出現在病房裡、鏡頭前。「歡呼兒」都笑了。

我猜，以我這樣一個沒肝沒肺的人，都會有行善之心，「5566」更不用講。我只是在設想一種情況，如果眞的有人因爲忙，或是感覺不對，或是任何理由，就是不想配合去行這樣的善，他可不可以不置可否地「柔性拒絕」？可不可以有人把幕後溝通的經過曝光，以新聞泡輿論，向不想配合行善的人施加強大的道德壓力？好像不答應，就不是人。沒人性。像很多募款活動，搞不樂之捐；或是勞軍，不去就不愛國。目的正確，手段可議。

「5566」是演藝人員，人去了，場面也算溫馨。不過，整個事件終究留下了一個「5566」本來不想去，是事情曝光才勉強去的印象。這對「5566」不公平。歡呼兒如果知道了，一定也很難過。

村上春樹在美國住過好長一陣子。他曾經舉過一個例子。他覺得美國人的公共服務比較個人。能來的，都被歡迎。不能來，也不會受到譴責。不必「假慈悲」。村上春樹覺得人如果被迫要「假慈悲」，這個社會是很有問題的。如果一周公共服務五天的人，覺得自己的道德比只來三天、一天或是不來的人優越，這社會好可怕。想見「5566」的人，很多，和「歡呼兒」見面，遂了孩子心願，很好，但裡面不該有任何一個人感覺到有一點點的壓力。更沒有人有資格以行善、遂願之名，向任何人施加一點點壓力。

INK PUBLISHING Canon 9

政經不正經

作　者	唐湘龍
總編輯	初安民
責任編輯	陳思妤
美術編輯	許秋山
校　對	初惠誠　陳思妤　唐湘龍
發行人	張書銘
出　版	INK印刻出版有限公司 台北縣中和市中正路800號13樓之3 電話：02-22281626 傳真：02-22281598 e-mail:ink.book@msa.hinet.net
法律顧問	林春金律師
總經銷	成陽出版股份有限公司 訂購電話：02-22256562 訂購傳真：02-22258783 http://www.sudu.cc
郵政劃撥	19000691 成陽出版股份有限公司
門市地址	106台北市新生南路三段96-4號1樓
門市電話	02-23631407
印　刷	海王印刷事業股份有限公司
出版日期	2005年10月 初版

ISBN 986-7420-88-8

定價　260元

國家圖書館出版品預行編目資料

政經不正經／唐湘龍　著.
--初版，--臺北縣中和市：INK印刻，
2005〔民94〕面；　公分

ISBN 986-7420-88-8（平裝）
1.論叢與雜著

078　　　　94016426

INK INK INK INK INK INK
NK INK INK INK INK INK IN
INK INK INK INK INK INK
NK INK INK INK INK INK IN
INK INK INK INK INK INK
NK INK INK INK INK INK IN
INK INK INK INK INK INK
NK INK INK INK INK INK IN
INK INK INK INK INK INK
NK INK INK INK INK INK IN
INK INK INK INK INK INK
NK INK INK INK INK INK IN
INK INK INK INK INK INK
NK INK INK INK INK INK IN
INK INK INK INK INK INK
NK INK INK INK INK INK IN
INK INK INK INK INK INK
NK INK INK INK INK INK IN
INK INK INK INK INK INK
NK INK INK INK INK INK IN
INK INK INK INK INK INK
NK INK INK INK INK INK IN
INK INK INK INK INK INK
NK INK INK INK INK INK IN
INK INK INK INK INK INK